学馆【双色版】

汉赋经典

冯慧娟 ◎ 编

辽宁美术出版社

图书在版编目（CIP）数据

汉赋经典 / 冯慧娟编 . — 沈阳 : 辽宁美术出版社，
2019.6

（众阅国学馆）

ISBN 978-7-5314-8363-2

Ⅰ . ①汉… Ⅱ . ①冯… Ⅲ . ①汉赋—选集 Ⅳ .
① I222.4

中国版本图书馆 CIP 数据核字 (2019) 第 117900 号

出 版 社：辽宁美术出版社
地　　址：沈阳市和平区民族北街 29 号　邮编：110001
发 行 者：辽宁美术出版社
印 刷 者：三河市燕春印务有限公司
开　　本：130mm×185mm 1/32
印　　张：5
字　　数：94 千字
出版时间：2019 年 6 月第 1 版
印刷时间：2019 年 6 月第 1 次印刷
责任编辑：严　赫
装帧设计：新华智品
责任校对：郝　刚
ISBN 978-7-5314-8363-2

定　　价：25.00 元

邮购部电话：024-83833008
E-mail：lnmscbs@163.com
http://www.lnmscbs.com
图书如有印装质量问题请与出版部联系调换
出版部电话：024-23835227

前　言

　　赋作为一种文体，最早出现于战国末期，源于荀子所做的名篇——《赋》。汉赋则是汉代文人所做的赋，其风格深受楚辞的影响。

　　从篇幅上来说，汉赋有大赋和小赋之分。大赋篇幅较长，气势恢宏，辞藻华丽；小赋篇幅较短，抒情咏物，清新脱俗。

　　从结构上来说，汉赋一般分为三个部分：序、正文、乱或讯。"乱"或者"讯"为赋的结尾。

　　从内容上来说，汉赋一般可以分为五种类型：描写宫殿城市、描写帝王游猎的盛大景象、描述旅途的经历、讨论草木与野兽和抒发个人情感。

　　从写作手法上来说，汉赋多采用丰富华丽的辞藻来描述盛大恢宏的场景，展现国家的强盛和统治者的德行，但偶尔也会在结尾处略带几笔讽刺之意。

　　本书选取了最具代表性的汉赋精华，在体例上，最大限度地保持赋原有的风采；在形式上，采

汉赋经典

取原文与译文对照排列的方式，便于读者对文言原文的理解。译文方面，本书力求直译，不妄加改动、随意增减，语言生动畅达，便于读者更清晰地理解原文。

汉赋经典

目录

汉赋经典

目录

汉赋经典

司马相如

［作者简介］

　　司马相如（前179～前118），字长卿，西汉蜀郡（今四川省南充）人，为汉赋四大家之一。司马相如年少时喜好读书击剑，汉景帝时，官任武骑常侍。汉景帝不好辞赋，司马相如感叹知音难遇，因此称病免官，前往梁国。在那里，司马相如结识了梁孝王的文学侍从邹阳、枚乘等人，写下了《子虚赋》。梁孝王去世后，司马相如准备回到蜀郡。返蜀的途中，司马相如路过临邛，他在那里结识了商人卓王孙的女儿卓文君。卓文君丧夫寡居，对音乐十分着迷，她对司马相如的才华十分仰慕。司马相如每每以琴会意，两人很快便情投意合，深夜私奔，一同回到了蜀郡。婚后两人生活清贫，于是司马相如便与卓文君重返临邛，以卖酒为生。二人的故事因此成为一段佳话，成为后世文学、艺术创作的良好素材。汉武帝即位之后，对司马相如的《子虚赋》颇为欣赏，因此便召见司马相如。司马相如又写《上林赋》献于武帝，武帝大喜，拜他为郎。后司马相如又被拜为中郎将，奉命出使西南，为沟通汉朝与西南少数民族的关系做出了重要贡献。在文学方面，司马相如著有《喻巴蜀檄》《难蜀父老》等文，时人有"千金难买相如赋"之说，由此可见他在辞赋上的卓越成就。

长门赋

【原文】

夫何一佳人兮，步逍遥以自虞。魂逾佚而不反兮，形枯槁而独居。言我朝往而暮来兮，饮食乐而忘人。心慊移而不省故兮，交得意而相亲。

【译文】

唉，一个美人啊，在那里徐步徘徊着，暗自思虑。那失了魂魄的样子啊，形容憔悴又孑然一身。你曾对我许下朝往而暮来的承诺，如今你却饮宴同乐新欢犹增，早将我遗忘。你绝情变心不再顾念旧人，只想着与新识的如意之人相亲相爱。

【原文】

伊予志之慢愚兮，怀贞悫之懽心。愿赐问而自进兮，得尚君之玉音。奉虚言而望诚兮，期城南之离宫。修薄具而自设兮，君曾不肯乎幸临。廓独潜而专精兮，天漂漂而疾风。登兰台而遥望兮，神怳怳而外淫。浮云郁而四塞兮，天窈窈而昼阴。雷殷殷而响起兮，声象君之车音。飘风回而起闺兮，举帷幄之襜襜。桂树交而相纷兮，芳酷烈之闟闟。孔雀集而相存兮，玄猨啸而长吟。翡翠胁翼而来萃兮，鸾凤翔而北南。心凭噫而不舒兮，邪气壮而攻中。

　　我的想法是多么的蠢钝和愚笨，只怀着忠贞不贰的心意，谨慎地想讨得你的欢心。希望你能让我陈述自己的心情，等候你的回音。明明知道那些都是假话，但是我仍然把它们当作是真情实意，期待着与你在城南长门相会。我每天都要置办少量的菜肴，但是你却不曾来过。走廊里空寂无人，我孤独地潜居在这里，专一、虔诚地等待着你，可等来的却只有在空中疾速吹过的大风。我登上兰台遥望着你啊，神思不定像要飞散而去。四方浮云密布，天空幽暗，白日转阴。雷声殷殷响起，好似你车子经过的声音。风儿回旋着吹向卧室，使得帷幕在空中摇动飘荡。桂树枝叶互相交错，散发出阵阵浓郁的香气。孔雀聚集在一起相互依偎，黑猿发出长长的哀鸣。翡翠鸟收拢翅膀相聚一处，鸾鸟与凤凰从北向南飞入树林。心中愤懑抑郁不得舒缓啊，忧恨之气攻入心中。

佳人

【原文】

　　下兰台而周览兮，步从容于深宫。正殿

块以造天兮，郁并起而穿崇。间从倚于东厢兮，观夫靡靡
而无穷。挤玉户以撼金铺兮，声噌吰而似钟音。刻木兰以
为榱兮，饰文杏以为梁。罗丰茸之游树兮，离楼梧而相撑。
施瑰木之欂栌兮，委参差以槺梁。时仿佛以物类兮，象积
石之将将。五色炫以相曜兮，烂耀耀而成光。致错石之瓴
甓兮，象瑇瑁之文章。张罗绮之幔帷兮，垂楚组之连纲。

【译文】

　　走下兰台四下环顾啊，深宫之内我迈着沉重的步伐。
正殿独自耸立啊，雄伟得像要直抵天宫，其他的宫殿密集
地并立高耸着。偶尔我会漫步至东厢啊，看着那无数富丽
堂皇的殿宇，心中却更感凄凉。推开殿门，摇动门环敲击
那金属的底座啊，声音好似洪钟一般响亮。木兰雕刻的屋
椽啊，文杏装饰的房梁。紧密排列的游柱啊，互相交错而
支撑的斜柱。奇珍木料做成的斗拱啊，参差不齐地排列
着，屋宇空阔无比。时时觉得这些建筑似乎可用他物来比
拟，它们就像是积石山那样高大雄壮。各种颜色明亮地照
耀啊，灿烂炫目，异彩纷呈。错杂的石块被细密地铺成地
砖啊，那图案就像玳瑁背上的美丽花纹。悬挂的罗绮帷幔
啊，总也放不下那有纹饰的绶带。

【原文】

　　抚柱楣以从容兮，览曲台之央央。白鹤噭以哀号兮，
孤雌跱于枯杨。日黄昏而望绝兮，怅独托于空堂。悬明月
以自照兮，徂清夜于洞房。援雅琴以变调兮，奏愁思之不
可长。案流征以却转兮，声幼妙而复扬。贯历览其中操兮，
意慷慨而自卬。左右悲而垂泪兮，涕流离而从横。舒息悒

而增欷兮，踪履起而彷徨。揄长袂以自翳兮，数昔日之諐殃。
无面目之可显兮，遂颓思而就床。抟芬若以为枕兮，席荃
兰而茞香。

　　抚摸着梁柱休息啊，望着那宽广的曲台殿。白鹤悲鸣
哀号啊，失偶的雌鸟停落在枯杨上。每日望到黄昏都望不见
你的身影，一腔的怅惘只有托付于空堂。悬挂的明月珠独自
照耀着房间，就这样在洞房中度过清静的夜晚。拿来瑶琴
弹奏，琴声却哀伤地变了调，我的愁思已没有办法再增加。
弹奏的变调，悲凉凄婉啊，转弹流徵，声音又重新高亢。依
次观察经由曲调表现出来的内心情感啊，我的情绪悲叹而激
昂。身边的人感到悲伤而落泪啊，泪水纵横交织在脸上。舒
一口叹息来排解忧郁啊，却更添哽咽，只好拖着鞋起身四处
徘徊。举起衣袖将自己遮蔽啊，心里反思着曾经的过失。没
有脸面去面对他人啊，于是放弃思虑回房就寝。以香草填充
的枕头啊，你来睡在这荃兰茞席上吧。

【原文】

　　忽寝寐而梦想兮，魄若君之在旁。惕寤觉而无见兮，
魂迋迋若有亡。众鸡鸣而愁予兮，起视月之精光。观众星
之行列兮，毕昴出于东方。望中庭之蔼蔼兮，若季秋之降霜。
夜曼曼其若岁兮，怀郁郁其不可再更。澹偃蹇而待曙兮，
荒亭亭而复明。妾人窃自悲兮，究年岁而不敢忘。

【译文】

　　忽然睡着了，在梦中见到了你啊，那种感觉好像你就

抚琴

在我的身边。从梦中惊醒，身边看不到你的身影啊，我精神恍惚，若有所失。晨起的鸡鸣使我忧愁啊，我起来凝视明净的月光。观察星辰的排列啊，我看到毕昴星已出现在东方。望着庭中暗淡的景象啊，就像深秋降霜一般阴冷。长夜漫漫仿佛一年的时光啊，我心中的郁闷已无法再忍受。我心里不安地等待着曙光啊，远处东方的天空将亮。我暗中自己感伤啊，终生不敢将你忘怀。

子虚赋

【原文】

楚使子虚使于齐，齐王悉发境内之士，备车骑之众与使者出田。田罢，子虚过诧乌有先生，亡是公在焉。坐定，乌有先生问曰："今日田，乐乎？"子虚曰："乐。""获多乎？"曰："少。""然则何乐？"对曰："仆乐齐王之欲夸仆以车骑之众，而仆对以云梦之事也。"曰："可得闻乎？"子虚曰："可。王车架千乘，选徒万骑，田于海滨。列卒满泽，罘网弥山。掩兔辚鹿，射麋脚麟。骛于盐浦，割鲜染轮。射中获多，矜而自功。顾谓仆曰：'楚亦有平原广泽游猎之地，饶乐若此者乎？楚王之猎孰与寡人乎？'仆下车对曰：'臣，楚国之鄙人也。幸得宿卫十有余年，时从出游，游于后园，览于有无，然犹未能遍睹也，又焉足以言其外泽乎？'齐王曰：'虽然，略以子之所闻见而言之。'

　　楚王派遣子虚到齐国出任使节，齐王将自己境内的所有士卒与车马都调集起来与子虚一同外出打猎。打猎结束后，子虚去乌有先生那里夸耀当天打猎的事情，正巧碰到无是公也在那里做客。大家就座之后，乌有先生向子虚问道："你今天去打猎，高兴吗？"子虚说："高兴啊。""那么你收获的猎物多吗？"子虚答道："很少。""那么你高兴什么呢？"子虚答道："我高兴的事情是，齐王想要对我夸耀自己的兵马众多，却被我用楚王在云梦泽打猎的盛况给应对过去了。"乌有先生说："能让我们听听这件事吗？"子虚说："可以。齐王派遣上千辆兵车，选拔上万名士卒，到东海之滨狩猎。士卒将洼地站满，捕兽的罗网撒满山野，野兔被兽网捕捉，鹿被车轮碾过，麋鹿被射倒在地，麒麟被捉住小腿。纵马在海边的盐滩驰骋，车轮被宰杀的野兽鲜血染红。射中的猎物很多，齐王把自己的功绩一通夸耀。他转过头对我说：'楚国也有平原广泽可以用于游猎，但是能像这样使人获得丰富的乐趣吗？楚王的狩猎能力和我相比谁更强？'我走下车对齐王说道：'我，只是一个来自楚国的，没有什么见识的人。因为幸运，我才能在楚宫值夜警卫十几年，并能够时常伴随楚王外出游猎，游猎的地点在王宫的后园，虽然我能够将周围的景色一览无余，但是却还没有办法将后园一一遍览，尽收眼底，又怎么能够说出云梦泽的盛况呢？'齐王说：'情况虽然是这样，但是你就将你所听闻的事情，大致向我描述一下吧！'

"仆对曰：'唯唯。臣闻楚有七泽，尝见其一，未睹其余也。臣之所见，盖特其小小者耳，名曰云梦。云梦者，方九百里，其中有山焉。其山则盘纡郁郁，隆崇嵂崒。岑崟参差，日月蔽亏。交错纠纷，上干青云。罢池陂陀，下属江河。其土则丹青赭垩，雌黄白坿，锡碧金银。众色炫耀，照烂龙鳞。其石则赤玉玫瑰，琳珉昆吾，瑊玏玄厉，碝石碔砆。其东则有蕙圃衡兰，芷若射干，芎䓖菖蒲，茳蓠麋芜，诸柘巴苴。其南则有平原广泽，登降陁靡，案衍坛曼。缘以大江，限以巫山。其高燥则生葴菥苞荔，薛莎青薠。其卑湿则生藏莨兼葭，东蔷雕胡。莲藕菰芦，菴闾轩芋。众物居之，不可胜图。其西则有涌泉清池，激水推移，外发芙蓉菱华，内隐巨石白沙。其中则有神龟蛟鼍，瑇瑁鳖鼋。其北则有阴林巨树，楩柟豫章，桂椒木兰，檗离朱杨，楂梨梬栗，橘柚芬芬。其上则有赤猿蠷蝚，鹓雏孔鸾，腾远射干。其下则有白虎玄豹，蟃蜒貙犴，兕象野犀，穷奇獌狿。

"我回答齐王说：'遵命。据我听说，楚国共有七个大泽，这七个大泽里面有一个我曾经去过，其他的并未见过。我所了解的这个大泽，在七泽之中是最小的，名字叫作云梦泽。云梦泽占地九百里，泽中有一座山。这座山拥有盘旋的山势，重叠迂回，山峰高耸且险峻无比。挺拔的峰峦，错落有致，日月在山峰的遮挡下，有时全隐，有时半露。那山峰高低交错，重叠并立，仿佛可以直达青云之上。山势倾斜而下，一直插入江河之中。山上的土壤含有朱砂、青土、红土、白土、石黄、石灰、锡土、青玉、黄金和白银等多种成分。这些金石土壤散发的不同色彩，灿烂耀眼，如龙鳞般绚烂闪耀。山上的石料是红色美玉、玫瑰美玉、琳、珉、琨珸、瑊玏、黑石、红白相间的美石、红色白文的美石。若是想要游乐，那里有座长满香草的园圃，杜衡、兰草、白芷、杜若、射

泽中有山

干、芎䓖、菖蒲、茳蓠、蘪芜、甘蔗、芭蕉，应有尽有。山的南面是平原与大泽，那里地势高低不平，倾斜的山峦连绵不断，平坦的洼地宽广无边。它们以大江作为边缘，以巫山作为界限。干燥的地方，生长着马蓝、菥草、苞草、荔草、艾蒿、莎草和青蘋。低洼潮湿的地方，生长着狗尾巴草、芦苇、东蔷、菰米、莲花、荷藕、葫芦、菴闾和获草。种类繁多的草木，在这里生长，没有办法一一将它们说清。山的西面是涌泉与清池，水浪一波一波向外推移。水面上有荷花和菱花在开放，水面下有巨石和白沙埋藏。神龟、蛟蛇、扬子鳄、玳瑁、鳖鼋潜藏在水中。山的北面是巨大的树林：黄楩树、楠树、豫树、樟树、桂树、花椒树、木兰、黄蘗树、山梨树、赤茎柳、山楂树、黑枣树、

橘树、柚子树在里面散发着草木香气。赤猿、猕猴、鹓鸰、孔雀、鸾鸟、腾猿与射干在树木上嬉戏停歇。白虎、黑豹、蟃蜒、貙犴、犀牛、大象、穷奇在树下游荡。

【原文】

"'于是乎乃使剸诸之伦，手格此兽。楚王乃驾驯驳之驷，乘雕玉之舆。靡鱼须之桡旃，曳明月之珠旗。建干将之雄戟，左乌号之雕弓，右夏服之劲箭。阳子骖乘，孅阿为御。案节未舒，即陵狡兽。蹴蛩蛩，辚距虚。轶野马，辚騊駼，乘遗风，射游骐。倏眒倩浰，雷动飙至，星流霆击，弓不虚发，中必决眦。洞胸达腋，绝乎心系。获若雨兽，掩草蔽地。于是楚王乃弭节徘徊，翱翔容与。览乎阴林，观壮士之暴怒，与猛兽之恐惧。徼郄受诎，殚睹众物之变态。

【译文】

"'因此楚王就将专诸一类的勇士派出，赤手空拳把这些野兽击杀。楚王驾起由四匹被驯服的杂毛马拉着的，用美玉雕饰而成的马车。他挥动着的曲柄旗帜有鱼须做的穗子，旗子上有明月珠做装饰。他高举着的三刃戟锋利无比，左手拿着的乌嗥弓刻有花纹，右手拿着的箭乃夏服所出。伯乐陪乘在车右，孅阿为楚王驾车。马车有节奏地缓慢前进，在还没有尽情奔驰的情况下，便已经将强健的猛兽践踏在车轮之下。车轮踏过蛩蛩，碾过距虚。它超过野马，将騊駼碾压，像是乘着千里马，把游骐追赶。楚王的车骑急速奔驰，如惊雷震动，呼啸而来，如流星坠落，雷霆撞击。箭不虚发，次次都将禽兽的眼眶射裂，或贯穿胸膛，直刺腋下，斩断连接着心脏的血管。猎获的野兽，像是从天而降的雨滴，将野草覆盖，把大地遮蔽。于是，楚王就不再策马，而是徘徊游走，悠闲自得，观览那辽阔的树林，观看狂暴愤怒的壮士，以及恐惧的野兽。他将那精疲力竭的野兽拦截、捕捉，欣赏着群兽那各异的惶恐姿态。

【原文】

"'于是郑女曼姬，被阿缎。揄纻缟。杂纤罗，垂雾縠。襞积褰绉，纡徐委曲，郁桡溪谷。纷纷裶裶，扬袘戌削，蜚襳垂髾。扶舆猗靡，翕呷萃蔡。下靡兰蕙，上拂羽盖。错翡翠之葳蕤，缪绕玉绥。眇眇忽忽，若神仙之仿佛。

【译文】

"'此时，郑国皮肤细腻的美人，身着细布制成的衣衫，摇摆着苎麻布制成的白娟，轻细的罗绮装点着她们，轻薄如雾的柔纱挂在她们身上。她们的衣裙有层层褶皱，纹理线条细密婉曲，折纹好似深谷中弯曲的小溪。她们长衣飘飘，裙摆摇摇，衣裙全部剪裁合体，整齐又美观；那飘动的衣带，在空中翻飞着，燕尾一般的饰物垂在衣间。衣裙飘动的样子多么姣美，走路时布匹相磨的声音，翕呷萃蔡般响动。衣裙的饰带飞舞，向下将兰花蕙草摩磨，向上将羽饰车盖拂拭。她们将翡翠羽毛制成的饰物缀在头发上，将美玉装饰的帽缨放缠绕在颔下。隐约恍惚间，她们如同仙子一般。

　　"'于是乃相与獠于蕙圃，媻姗勃窣，上乎金隄。掩翡翠，射鵕鸃。微矰出，纤缴施。弋白鹄，连驾鹅。双鸧下，玄鹤加。怠而后发，游于清池。浮文鹢，扬桂枻。张翠帷，建羽盖。罔瑇瑁，钩紫贝。摐金鼓，吹鸣籁。榜人歌，声流喝。水虫骇，波鸿沸。涌泉起，奔扬会。礧石相击，硍硍磕磕。若雷霆之声，闻乎数百里之外。将息獠者，击灵鼓，起烽燧。车按行，骑就队。丽乎淫淫，般乎裔裔。

　　"'于是楚王与众多美人于夜间在蕙圃狩猎，美人们蹒跚地走上坚固的堤坝。撒网捕捉翡翠鸟，放箭射取锦鸡。射出的短箭上都系着丝绳，这些短箭将白天鹅射落，把鸿雁击中。中箭的鸧鸹扑啦啦从天上掉落，黑鹤的身上刺着小箭。打猎打得累了，便乘上船，在清池之中荡漾。在画着鹢鸟的船上，将桂木制成的船桨扬起。船上悬挂着用翡翠鸟羽毛做成的帷幔，树立着由鸟毛装饰而成的伞盖。撒下渔网捞玳瑁，钩紫贝。金鼓敲打起来，排箫吹奏起来。悲楚嘶哑的声调，是船夫悦耳动听的歌声。鱼鳖受到了惊吓，波涛也因此而汹涌起来。涌起的泉水，汇聚着浪涛。石头相互撞击，硍硍磕磕地发出声响。那撞击的声音好似惊雷轰鸣，数百里之外都能够听到。夜间狩猎即将结束，众人敲击着六面鼓，将火把燃起。战车一列列驶出，骑兵一队队前行。持续不断的队伍，排列整齐，缓缓地向前进发。

"'于是楚王乃登云阳之台，怕乎无为，憺乎自持。勺药之和具，而后御之。不若大王终日驰骋，曾不下舆。脟割轮焠，自以为娱。臣窃观之，齐殆不如。'于是齐王无以应仆也。"

"'于是，楚王登上阳云台，一派安静自若的神情，保持着宁静的心境。食物以芍药酱调味，菜肴烹煮齐备之后，向楚王献上。楚王一改平日里奔波驰骋的模样，竟然走下车子，亲自切割肉块，放在火上烤熟，自娱自乐。以我私下里的观察来看，齐国大概比不上楚国吧。'于是，齐王无言以对。"

乌有先生曰："是何言之过也！足下不远千里，来贶齐国，王悉发境内之士，备车骑之众，与使者出田，乃欲戮力致获，以娱左右，何名为夸哉？问楚地之有无者，愿闻大国之风烈，先生之余论也。今足下不称楚王之德厚，而盛推云梦以为高，奢言淫乐而显侈靡，窃为足下不取也。必若所言，固非楚国之美也。无而言之，是害足下之信也。彰君恶，伤私义，二者无一可，而先生行之，必且轻于齐而累于楚矣。且齐东陼巨海，南有琅邪。观乎成山，射乎之罘。浮渤澥，游孟诸。邪与肃慎为邻，右以汤谷为界。秋田乎青丘，彷徨乎海外。吞若云梦者八九，于其胸中曾不蒂芥。若乃俶傥瑰玮，异方殊类，珍怪鸟兽，万端鳞萃。

充牣其中，不可胜记。禹不能名，契不能计。然在诸侯之位，不敢言游戏之乐，苑囿之大。先生又见客，是以王辞不复，何为无以应哉？"

　　乌有先生说："为什么将话说得这样过分呢！您不远千里来到齐国赐教，齐王将境内的士卒全部调集起来，备下了数目众多的车马，齐国派出这些兵士同您一起外出打猎，是为了彼此通力合作一起猎获禽兽，为大家带来欢乐，怎么可以被说成是夸耀呢？齐王向您询问楚国是否有可以用来游猎的平原，是想要听到楚国的风尚与业绩，以及先生您的高谈阔论。如今您不但没有称赞楚王的德政，反而将云梦泽推崇到高齐国一等的地位，您谈奢论侈，夸赞淫游纵乐靡费之事，我私自认为您这样的做法不可取。事实如果像您说的那样，那么楚国算不上美好。如果楚国事实并非如此，您这样一说，便会有损于您的信用。将国家的丑陋之处对外宣扬，损害个人的信义，这两件事没有一件是您应该做的，先生您这样的做法，肯定会让齐国的人轻视您，楚国的声誉也会因为您而受到牵累。况且齐国东面濒临着大海，南面依靠着琅琊山。观赏美景可以去成山，想要狩猎可以在之罘山，想要泛舟有渤海，想要游猎有孟诸泽。齐国的东北紧邻肃慎，右边以汤谷为界。秋天打猎可去青丘，自由漫步可到海外，即使将八九个云梦泽吞入胸中，也不会有丝毫的梗塞感。至于那些卓越奇伟的物品，也不过是各地的特产。珍怪的鸟兽，像鱼鳞那样积聚。它们充斥在大泽其中，多得数也数不清，大禹没有办

将士行猎

法分清它们的名字，契不能计算出它们的数量。然而，以齐王在诸侯中的地位来说，他不能够随便讨论游猎嬉戏这样的享乐，苑囿的广大。先生是齐国的贵宾，因此齐王没有驳斥您的任何言辞，您怎么能说那是他没有话语来应对您呢！"

上林赋

【原文】

亡是公听然而笑曰："楚则失矣，而齐亦未为得也。夫使诸侯纳贡者，非为财币，所以述职也。封疆画界者，非为守御，所以禁淫也。今齐列为东藩，而外私肃慎，捐国逾限，越海而田，其于义固未可也。且二君之论，不务明君臣之义，正诸侯之礼，徒事争于游戏之乐，苑囿之大，欲以奢侈相胜，荒淫相越，此不可以扬名发誉，而适足以贬君自损也。

【译文】

无是公微笑着说："楚国丧失了名誉，齐国也未必就得到了什么。天子之所以让诸侯进贡，并不是为了得到财物，而是让他们利用这个机会向天子汇报自己的统治情况；之所以要分疆划界而治，为的并不是守卫边境，而是利用这种情形防止诸侯们逾规越矩。如今，齐国作为东方的藩国，却在外私通肃慎，离开本国的疆土，越过国界，到海那一边的国家去游猎，这种行为从道义来讲，就是不可以的。更何况你们的言论，都不是致力于将君臣之间的关系阐明，也不是为了将诸侯的礼仪端正，而仅仅是在争论游猎嬉戏的乐趣，苑囿的宽广面积，想要以自己的奢侈将对方战胜，用自己的荒淫将对方比下去。你们的这种做法不但不能提高本国国君的声誉，反而还会贬低他们的名声，损害自己的信用。

【原文】

　　"且夫齐楚之事，又乌足道乎？君未睹夫巨丽也，独不闻天子之上林乎？左苍梧，右西极。丹水更其南，紫渊径其北。终始灞浐，出入泾渭；酆镐潦潏，纡余委蛇，经营乎其内。荡荡乎八川分流，相背而异态。东西南北，驰骛往来，出乎椒丘之阙，行乎洲淤之浦，经乎桂林之中，过乎泱漭之野。汩乎混流，顺阿而下，赴隘狭之口，触穹石，激堆埼，沸乎暴怒，汹涌澎湃。滭弗宓汩，逼侧泌瀄。横流逆折，转腾潎洌，滂濞沆溉。穹隆云桡，宛潬胶盭。逾波趋浥，涖涖下濑。批岩冲拥，奔扬滞沛。临坻注壑，瀺灂霣坠，沈沈隐隐，砰磅訇礚，潏潏淈淈，湁潗鼎沸。驰波跳沫，汩濦漂疾。悠远长怀，寂漻无声，肆乎永归。然后灏溔潢漾，安翔徐回，翯乎滈滈，东注太湖，衍溢陂池。于是乎蛟龙赤螭，䲢鰽螹离，鰅鰫鳙魼，禺禺魼魶，揵鳍掉尾，振鳞奋翼，潜处乎深岩，鱼鳖谨声，万物众伙。明月珠子，玓瓅江靡。蜀石黄碝，水玉磊砢，磷磷烂烂，采色澔旰，丛积乎其中。鸿鹄鹔鸨，鴐鹅鸀鸼，交精旋目，烦鹜鷛渠，鵁鸬鸀鸼，群浮乎其上，泛淫泛滥，随风澹淡，与波摇荡，奄薄草渚，唼喋菁藻，咀嚼菱藕。

　　"再说齐国和楚国之间的这些事情，又有什么地方是值得称道的呢？你们没有看到那宏大壮丽的场面，难道还没有听说过天子的上林苑吗？苍梧在上林苑的左边，西极在上林苑的右边。丹水从它的南面流过，紫渊在它的北面经过。霸水和浐水在上林苑内流淌，泾水和渭水经上林苑而过，从外流进又自此而出；酆水、鄗水、潦水、潏水，曲折绵延，在上林苑中周流往来。宽广的八条河流分别流动，流向不同，形态各异。东西南北，河水湍急奔流，从陡峭的山丘的豁口中流出，经过水中淤地，穿过长满桂木的树林，流过广阔辽远的原野。丰沛的水流急速流动，沿着弯曲的地势奔腾而下，直冲狭隘的山口而去。水流撞击着大石，激荡着泥沙堆积的弯曲河岸，水浪翻腾，暴躁愤怒，汹涌澎湃。泉水快速地上涌，水流不停地相互撞击；大股的水流回旋，翻滚碰撞，磅礴汹涌。急流隆起如云彩低垂弯曲，蜿蜒纠缠。后浪超越前浪，奔向低洼的地方，滭浡水流冲向浅滩。水波拍击着岩石，冲击着堤岸，奔腾飞扬，水花四溅。滚滚河水冲过小洲，流向山沟，水声渐弱，水流坠落于沟谷深潭之中。水潭广阔幽深，水流激荡，注入时发出乒乒乓乓的巨响。水波汹涌翻滚，如同鼎中沸腾的热水。奔腾的水波，激起层层白沫，白沫在水上跳跃，水流急速不止。八川从远处而来，水流平静无声，舒缓地向远方流去。然后，浩瀚无边的深广水流，缓慢迂回地流动，水波洁白光亮，向东注入太湖。湖水已经涨满，水流因此溢向附近的池塘。因此，蛟龙、赤螭、鮰鳙、渐离、鰅、鳙、鰬、魠、禺禺、比目鱼、鲉，都扬起背鳍，摇摆着尾巴，抖动鳞片，举起鱼翅，潜藏在深岩之中。鱼鳖喧闹着，成群结队聚在一起。明月珠在江边发出明亮的光芒。蜀石、黄石和水晶积聚在水中，玉石累累，闪闪发光，绚丽夺目。天鹅、鹔鹄、鸨鸟、鸿雁、鷖、鸹鹊、鸀目、烦鹜、鹔鹕、鸩，一群一聚在水面上浮

诸侯朝拜

游。水流摇摆不定，鸟儿随风飘浮，在波涛里游荡。鸟儿们停集在长满野草的沙洲上上，唼喋作响地吃着水草，咀嚼着菱藕。

〇二一

【原文】

　　"于是乎崇山巃嵸，崔巍嵯峨，深林巨木，崭岩参嵯，九嵕巀嶭。南山峨峨，岩陁甗锜，嶊崣崛崎。振溪通谷，蹇产沟渎，谽呀豁閜。阜陵别隝，崴魁崣瘣，丘虚堀礨，隐辚郁嶋，登降施靡，陂池貏豸，沇溶淫鬻，散涣夷陆，亭皋千里，靡不被筑。掩以绿蕙，被以江蓠，糅以蘪芜，杂以留夷。布结缕，攒戾莎，揭车衡兰，槀本射干，茈姜蘘荷，葴持若荪，鲜支黄砾，蒋苧青薠，布濩闳泽，延曼太原。丽靡广衍，应风披靡，吐芳扬烈，郁郁菲菲，众香发越，肸蚃布写，晻薆苾勃。

"崇山挺拔耸立，巍峨高峻。茂密的树林，高大的树木，险峻的山势，高低不齐的峰峦。九嵕山高峻，终南山巍峨。山势倾斜，上大下小，险峻陡峭。收敛流水的山溪，流通于山谷之间，蜿蜒的小溪流进沟渠，谷口张开，谷中空旷。大小土丘在水中各自成岛，挺立的山峦起伏不平。丘陵高高低低，处处深峻，地势倾斜不平，绵延不断。溢出的浑浊河水，散漫在宽广的陆地上。广达千里的低平泽地，全部被开垦建设。绿色的蕙草与江蓠将地面覆盖，蘼芜和留夷夹杂其中。陆地上布满了结缕，狼尾草和香附子交织丛生在一起，还有揭车、杜蘅、兰草、稿本、射干、茈姜、蘘荷、葴、橙、杜若、苏、鲜枝、黄、蒋、芧、青薠，广布大泽，在宽广的平原上蔓延。这些花草相连不断，繁衍广播。它们随着风向俯仰，散发着浓烈的芬芳，郁郁菲菲的香气四散远播，在空中弥漫，十分浓郁。

"于是乎周览泛观，缤纷轧芴，芒芒恍忽。视之无端，察之无涯，日出东沼，入乎西陂。其南则隆冬生长，涌水跃波。其兽则㺍旄貘犛，沈牛麈麇，赤首圜题，穷奇象犀。其北则盛夏含冻裂地，涉冰揭河。其兽则麒麟角端，騊駼橐驼，蛩蛩驒騱，駃騠驴骡。

"于是向四周浏览观望，上林苑景物繁多，不可分辨。范围广大深远，所有事物都隐约不清。看不清它的顶端，察不到它的边际。清早，太阳从东边的水池处升起；傍晚，太阳由西边的池塘处落下。严冬的时候，上林苑的南边依然有草木生长，有河水奔腾流动。这里的野兽包括，旄、貘、犛、沈牛、麈、麋、赤首、圜题、穷奇、象、犀。盛夏的时候，上林苑的北边也依然有结冰的河水，冻裂的土地，可以踏着冰过河。这里有麒麟、驹𫘧、橐驼、蛩蛩、骈骤、𫘨𫘧、驴、骡这样的野兽。

"于是乎离宫别馆，弥山跨谷。高廊四注，重坐曲阁。华榱璧珰，辇道缅属。步檐周流，长途中宿。夷嵕筑堂，累台增成，岩窔洞房。頫杳眇而无见，仰攀橑而扪天。奔星更于闺闼，宛虹拖于楯轩。青虬蚴蟉于东厢，象舆婉蝉于西清。灵圄燕于闲馆，偓佺之伦，暴于南荣。醴泉涌于清室，通川过于中庭。盘石裖崖，嵚岩倚倾。嵯峨磼礏，刻削峥嵘。玫瑰碧琳，珊瑚丛生。瑉玉旁唐，玢豳文鳞，赤瑕驳荦，杂臿其间。垂绥琬琰，和氏出焉。

"那些离宫别馆，漫山跨谷。高大的行廊四面相接，多层的楼阁有曲道相连。雕花的屋椽，以玉饰做装点，辇道接连不断。沿着屋檐下的走廊四处游览，会感觉路途遥远，中途亦需住宿休息。重重的楼阁台榭建在削平的高山之上，与楼台相同的幽深的房室则建在岩石之下。俯视山下，深远得看不见下面的东西；仰视天空，似乎攀上屋椽便能触及苍天。流星从宫门前划过，弯曲的彩虹跨越栏杆与长廊之上。青龙在东厢弯曲前进，象车在西厢的清净之处盘曲而行。灵圉在清闲的馆舍休息，偓佺那一类的仙人在面南的屋檐之下晒太阳。甘甜的泉水从清静的屋室中涌出，河水从庭院中流过。用巨石修治池崖，渠岸参差不齐、错落有致。渠岸边高大的石头，好似刀削斧砍而成。这里丛生着玫瑰、碧、琳和珊瑚。巨大的瑶玉有着鱼鳞一样的纹理，它们中间夹杂着拥有错杂而灿烂文彩的赤色美玉。这里还出产垂绥、琬琐与和氏璧。

【原文】

“于是乎卢橘夏熟，黄甘橙楱，枇杷橪柿，楟柰厚朴，梬枣杨梅，樱桃蒲陶，隐夫郁棣，榙㭱离支，罗乎后宫，列乎北园。迆丘陵，下平原，扬翠叶，扤紫茎。发红华，垂朱荣。煌煌扈扈，照曜巨野。沙棠栎槠，华枫枰栌，留落胥馀，仁频并闾，欃檀木兰，豫章女贞，长千仞，大连抱。夸条直畅，实叶葰楙。攒立丛倚，连卷欐佹。崔错癹骫，坑衡閜砢，垂条扶疏，落英幡纚。纷溶萧蔘，猗狔从风。浏莅卉吸，盖象金石之声，管龠之音。偨池茈虒，旋还乎后宫。杂遝累辑，被山缘谷，循阪下隰，视之无端，究之无穷。

【译文】

“在夏天的时候卢桔成熟了，黄柑、柚子、楱、枇杷、酸小枣、柿子、山梨、厚朴、梬枣、杨梅、樱桃、葡萄、常棣、荔枝等果树，在后宫之中和北园之内罗列生长。它们向上绵延到丘陵之上，向下弥散到平原之间，随风摆起翠绿的枝叶，摇动着紫色的茎条。不论花草还是

离宫别苑

树木，都盛开着红色的小花。它们散发出的明亮光彩，将广阔的田野照亮。沙果、栎、楮、桦树、枫树、银杏树、黄栌树、石榴、椰子树、槟榔树、槟桐树、檀树、木兰、枕木、樟木、冬青树，这些树木里，高的有千仞高，粗的要多人合抱才能抱得住。它们枝条挺直，花朵舒展，有硕大的果实和茂密的树叶。它们一丛一丛聚在一起，相互倚靠。树枝蜷曲，交错纠缠，互相扶持。下垂的枝条舒展四散，零落的花瓣纷飞在空中；高大的树木枝繁叶茂，婀娜多姿的枝条随风飘荡。风吹过草木，发出苅苬卉歙的响声，这声音像弹击钟磬，似吹奏管龠。参差不齐的树木将后宫环绕，重叠交织的草木将山野覆盖，它们沿着溪谷，顺着山坡，直抵低湿之地。漫山的草木没有边际，无穷无尽。

【原文】

　　"于是乎玄猨素雌，蜼獝飞鼺，蛭蜩蠼猱，蟜胡縠蜼，栖息乎其间。长啸哀鸣，翩幡互经。夭娇枝格，偃蹇杪颠。隃绝梁，腾殊榛，捷垂条，踔希间。牢落陆离，烂漫远迁。若此者数百千处，嬉游往来，宫宿馆舍，庖厨不徙，后宫不移，百官备具。

【译文】

　　"那里的黑猿、白雌猴、长尾猿、大母猴、鼯鼠、飞蛭、蜩、猕猴、蟜胡、縠、蜼，都在树林间栖息。它们长啸，哀鸣，腾挪跳跃，互相穿梭。它们在枝条间屈伸自如，在树梢上屈曲婉转。它们越过高桥，攀上高耸的榛树，在下垂的枝条间连续荡跃，腾跃到树枝稀疏的空间里。它们飘忽不定，聚散无常。这样的地方在上林苑共有上百数千处，你可以往来其中嬉戏游乐，玩累了就在离宫住宿，或者在别馆休息，不需要将厨房迁移过来，不需要让后宫妃嫔随行，文武百官也已经到位。

"于是乎背秋涉冬，天子校猎。乘镂象，六玉虬，拖蜺旌，靡云旗。前皮轩，后道游。孙叔奉辔，卫公参乘，扈从横行，出乎四校之中。鼓严簿，纵猎者，河江为阹，泰山为橹。车骑雷起，殷天动地。先后陆离，离散别追。淫淫裔裔，缘陵流泽，云布雨施。生貔豹，搏豺狼，手熊罴，足野羊。蒙鹖苏，绔白虎，被班文，跨壄马。陵三嵕之危，下碛历之坻。径陵赴险，越壑厉水。推蜚廉，弄獬豸，格瑕蛤，铤猛氏，羂要衷，射封豕。箭不苟害，解脰陷脑；弓不虚发，应声而倒。

"于是乘舆弭节徘徊，翱翔往来，睨部曲之进退，览将帅之变态。然后侵潭促节，儵夐远去。流离轻禽，蹴履狡兽。轊白鹿，捷狡兔。轶赤电，遗光辉。追怪物，出宇宙。弯蕃弱，满白羽，射游枭，栎蜚虡。择肉而后发，先中而命处，弦矢分，艺殪仆。然后扬节而上浮，凌惊风，历骇飙，乘虚无，与神俱。蹴玄鹤，乱昆鸡，遒孔鸾，促鵔鸃，拂翳鸟，捎凤凰，捷鹓雏，掩焦明。

"道尽途殚，回车而还。消摇乎襄羊，降集乎北纮。率乎直指，晻乎反乡。蹶石关，历封峦，过鳷鹊，望露寒。下棠梨，息宜春，西驰宣曲，濯鹢牛首。登龙台，掩细柳。观士大夫之勤略，均猎者之所得获。徒车之所辚轹，步骑之所蹂若，人臣之所蹈籍，与其穷极倦㕁，惊惮詟伏，不被创刃而死者，佗佗籍籍，填坑满谷，掩平弥泽。

　　"秋去冬来的时候，天子准备去校猎。他乘坐着用镂刻的象牙装饰而成的车子，用六匹骏马来拉车，摇曳着旌旗，挥舞着云旗。虎皮装饰的车子在前面为天子做前驱，它的后边跟着道车和游车。孙叔驾车，卫公做骖乘，随从在四校之外横行。列阵严整的仪仗队敲起大鼓，猎手们便出发前去狩猎。江河充当狩猎者围猎的栅栏，大山充当狩猎者瞭望的高楼。车马奔腾，声如震雷，惊天动地。猎手们四下散开，分头进行追捕，他们来来往往，沿着山陵，密密麻麻地冲向水泽，那种景象就像是云雾密布于天空，大雨倾注而下。生擒貔豹，搏击豺狼，赤手空拳与熊黑、野羊相搏。狩猎者把鹖尾装饰的帽子戴在头上，把画有白虎的裤子穿在身上，把绘有斑纹的衣服披在身上。他们骑着野马，登上三峻的顶峰，沿着高地山坡奔驰而下。他们爬过险峻的山峰，涉过江河沟谷。他们击杀蜚廉，擒获猰㺄、搏杀虾蛤，用矛将猛氏刺杀，用绳索将騕褭绊取，用箭将大野猪射杀。猎手箭不乱射，每箭都将猎物破颈裂脑；弓不

骑马狩猎

虚发，每箭射出，野兽必应声而倒。

"于是，天子乘着车舆，停歇徘徊，往来遨游，斜着眼睛观看打猎队伍的行进，看着将帅应对进退的各种神态。然后，车驾渐渐加快行进速度，急速飞驰远去。这阵势，使得飞禽四处逃散，狡猾的野兽也因此而遭到践踏。白鹿被车轴撞击，狡兔被快速捕获。车驾的飞驰速度，将赤色闪电超越，将电光抛在车后。追逐珍禽异兽，超出天地之间。蕃弱良弓拉弯，白羽之箭张满，射向四处游荡的枭羊，击倒蜚虡。先将肉肥体壮的野兽挑选出来，然后再发射箭羽，预想的目标，刚好被一一命中。箭一离弦，猎物便倒在地上。然后，天子的车驾继续奔驰，风驰电掣的样子仿佛升上天空，凌驾在劲风之上，踏着狂风到达虚无的境界，与神灵处在一起。黑鹤被践踏，鹍鸡被扰乱，孔雀和鸾鸟遭遇追捕；锦鸡被抓住，鹥鸟被击落，凤凰遭遇竹竿击打，鹓雏和焦明被快速地抓捕。

"车驾奔驰前进，直至到了道路的尽头才掉头而返。车驾悠然自得地来来去去，自天上降落至极北之地。它笔直地前行，忽然间又按照来时的方向返回。它跑过石阙观，经过封峦观，过了鳷鹊观，望着露寒观。它抵达棠梨宫，在宜春宫休息，然后奔驰到宣曲宫，天子在牛首池中划船。天子登到龙台观上，在细柳观停下。他观察士大夫们的勤劳与谋略，将狩猎者所猎到的猎物平均分配。那些被车驾辗轧死的、被骑兵践踏死的、被大臣踩死的野兽以及那些无路可走、疲惫劳累、惊惧倒地、还未被刀刃所伤便已死去的野兽，其尸体纵横交错，不计其数，填满了坑谷，覆盖了平原，弥漫了大泽。

　　"于是乎游戏懈怠，置酒乎颢天之台，张乐乎軿輵之宇。撞千石之钟，立万石之虡，建翠华之旗，树灵鼍之鼓，奏陶唐氏之舞，听葛天氏之歌。千人唱，万人和，山陵为之震动，川谷为之荡波。巴渝宋蔡，淮南干遮，文成颠歌，族居递奏，金鼓迭起，铿锵铛鼛，洞心骇耳。荆吴郑卫之声，韶濩武象之乐，阴淫案衍之音，鄢郢缤纷，激楚结风。俳优侏儒，狄鞮之倡，所以娱耳目乐心意者，丽靡烂漫于前，靡曼美色于后。若夫青琴宓妃之徒，绝殊离俗，妖冶娴都。靓妆刻饰，便嬛绰约，柔桡嫚嫚，妩媚孅弱。曳独茧之褕袘，眇阎易以戌削。媥姺徶徛，与俗殊服。芬芳沤郁，酷烈淑郁。皓齿粲烂，宜笑的皪。长眉连娟，微睇绵藐。色授魂与，心愉于侧。

　　"于是，众人开始游乐嬉戏，倦怠松懈起来。天子在高度直指天空的高台上设下酒宴，在宽广的殿宇内演奏音乐。撞响千石重的大钟，立起万石重的钟架，举起翠羽装饰的旗帜，竖起鳄鱼皮制成的大鼓。跳起陶唐氏的歌舞，听起葛天氏的乐曲。千人来唱，万人来和，这歌声将山陵震动，将河水激起大波。巴渝的舞蹈，宋蔡的歌曲，淮南的《于遮》，文成和云南的民歌，众乐并奏，交替演出。此起彼伏的钟鼓声，铿锵有力，让人震惊。荆、吴、郑、卫的歌声，《韶》、《濩》、《武》、《象》的音乐，淫靡无制的乐曲，鄢、郢地区的飘逸舞姿，激越昂扬的《激楚》曲调，余韵哀切动人。表演杂技的侏儒，西戎来的乐伎，让人耳目愉悦、心情欢畅。天子面前回荡着的是美妙动听的音乐，身后站立的是肤质细腻的美女。这些美女仿佛青琴、宓妃一般，出尘绝世，惊艳脱俗。她们以粉黛修饰容颜，将鬓发梳理得整齐如画；体态柔美，身段苗条，姿态美丽动人。她们拖着颜色纯净一致的单衣袖子，长长的衣衫下摆如刀削般整齐，衣袂翩翩飞舞，服饰超凡出尘。她们身上散发着浓郁的香气，清香醇厚。她们那洁白的牙齿光洁明亮，露齿而笑，美丽动人。眉毛弯曲细长，双目顾盼生辉，凝望着远方。如此令人心魂荡漾的美人，高兴地侍立在天子两侧。

【原文】

"于是酒中乐酣，天子芒然而思，似若有亡，曰：'嗟乎！此大奢侈。朕以览听余闲，无事弃日，顺天道以杀伐，时休息于此。恐后世靡丽，遂往而不返，非所以为继嗣创业垂统也。'于是乎乃解酒罢猎，而命有司曰：'地可垦辟，悉为农郊，以赡萌隶，隤墙填堑，使山泽之人得至焉。实陂池而勿禁，虚宫馆而勿仞，发仓廪以赈贫穷，补不足，恤鳏寡，存孤独，出德号，省刑罚，改制度，易服色，革正朔，与天下为更始。'

【译文】

"于是酒过半巡，音乐正奏得欢畅时，天子茫然地思考着，似乎若有所失，说：'哎呀，我这样也太奢侈了！在理政的空闲时间，我没有政事，只是虚度时间。顺应天道，在秋末冬初的时节前来上林苑游猎，并时常在这里休

乐舞

息。我担心我的后代会喜好奢侈淫靡，并沿着这条路一直堕落下去，我如今的种种作为并不是为后人创立可以沿袭的传统的做法啊。'说完便命人将酒宴撤去，也不再打猎，并对主管官员颁下命令说：'把这里可以开垦的土地，全部变成农田，用来供养平民百姓。将猎场中的那些围墙都推倒，壕沟都填平，让乡野的平民都可以进入这里劳作营生。养满鱼虾的池塘不要禁止百姓捕捞，空闲的官馆也不禁止百姓进来居住。将粮仓打开，把粮食都拿出来赈济贫穷的百姓，补助他们的生活，抚恤鳏夫寡妇，慰问孤儿和无儿无女的孤苦老人。发布德政号令，减轻刑罚，改革制度，更换车马服饰的颜色，改变历法的计算方式，让天下间的所有事物都重新开始。'

【原文】

"于是历吉日以斋戒，袭朝服，乘法驾，建华旗，鸣玉鸾，游于六艺之囿，驰骛乎仁义之涂，览观《春秋》之林，射《狸首》，兼《驺虞》，弋玄鹤，舞干戚，载云䍐，掩群雅，悲《伐檀》，乐乐胥，修容乎《礼》园，翱翔乎《书》圃，

汉赋经典

述《易》道，放怪兽，登明堂，坐清庙，恣群臣，奏得失，四海之内，靡不受获。于斯之时，天下大说，乡风而听，随流而化，喟然兴道而迁义，刑错而不用，德隆于三王，而功羡于五帝。若此，故猎乃可喜也。若夫终日驰骋，劳神苦形，罢车马之用，抏士卒之精，费府库之财，而无德厚之恩，务在独乐，不顾众庶，忘国家之政，贪雉兔之获，则仁者不繇也。从此观之，齐楚之事，岂不哀哉！地方不过千里，而囿居九百，是草木不得垦辟，而人无所食也。夫以诸侯之细，而乐万乘之侈，仆恐百姓被其尤也。"

【译文】

　　"于是天子在选好的黄道吉日举行斋戒，穿上朝服，乘上天子的车驾。饰有纹彩的旌旗被高高举起，玉饰的鸾铃开始奏响。车驾在六艺的苑囿里巡游，在仁义的大道上奔驰，在《春秋》之林观赏浏览。奏响《狸首》及《驺虞》的乐章，用以举行射礼；表演弋射黑鹤的舞蹈，挥舞着盾斧，摇动旌旗，将天下文人雅士招入麾下。天子读《伐檀》，为它的作者悲伤；读"乐胥"，因它的诗句而感到快乐，他在《礼》的世界中修饰威仪，在《尚书》的园圃中翱翔游览，阐释《易经》中所包含的道理，将宫苑中的珍禽异兽全部放生。天子登上明堂，坐在太庙之中，群臣按次序排列在下方，禀奏朝政上的得失，四海之内的百姓，没有一个不因此而受惠的。在这个时刻，天下百姓无不欢心大悦，他们响应天子的号召，听从政令，顺应改革的潮流，接受教化。圣明之道兴起，人民归顺于道义，刑罚废止不再启用。天子的德行高于三皇，功业超出五帝。

要是能拥有这样的政绩，那游猎才是一件值得高兴的事情。反之，假若整天在苑囿之中游猎驰骋，使精神劳累，身体疲苦，车马劳顿，兵力耗尽，国库散尽，却对百姓没有任何恩德，只图个人享乐，不顾百姓安危，荒废国家朝政，却贪图野鸡和兔子这样的猎物，这不是仁爱之君要做的事情。由此看来，齐国和楚国的游猎故事，难道不让人觉得悲哀吗！齐、楚两国的领土方圆均不过才千里，却拥有九百里地的苑囿。这样一来，原本可供开垦的田野便不能充当农田，百姓便会吃不上粮食。他们身为诸侯，却凭借卑微的地位，享受着天子才能够拥有的奢侈，我担心百姓将要遭遇灾祸。"

【原文】

于是二子愀然改容，超若自失，逡巡避席，曰："鄙人固陋，不知忌讳，乃今日见教，谨受命矣。"

【译文】

于是子虚和乌有两位先生顿时面容失色，心情沮丧，徘徊着退离坐席，说道："鄙人粗浅无知，不懂得忌讳，今天听了您的高见，我们谨遵教诲。"

张衡

【作者简介】

　　张衡（78～139），字平子，南阳西鄂（今河南南阳）人，东汉科学家、文学家，汉赋四大家之一。张衡勤奋聪敏，学识渊博，在担任太史令期间，醉心于天文、历法、算术方面的研究，发明和制作了举世闻名的浑天仪和地动仪，并著有《灵宪》等科学著作。在文学领域，张衡擅长辞赋和诗歌的创作，他还曾针对当时社会上流行的谶纬迷信之风，著《请禁绝图谶疏》上书表示反对。

归田赋

【原文】

　　游都邑以永久，无明略以佐时；徒临川以羡鱼，俟河清乎未期。感蔡子之慷慨，从唐生以决疑。谅天道之微昧，追渔父以同嬉；超埃尘以遐逝，与世事乎长辞。

【译文】

　　游学京都却停留在这里做了这么久的官，虽然我辅佐

张衡

的是现在的君主，但没有献出什么高明的谋略；就好像我只是站在河边，想着要吃味美的肥鱼，但却不知道这河水什么时候才能变得清澈。感慨蔡子的不得志，要靠找唐举算命来指明前路。我相信这世事幽暗难测，所以倒不如追随渔父一起去玩乐；远离这污浊的世俗吧，跟世间的杂务诀别。

【原文】

于是仲春令月，时和气清。原隰郁茂，百草滋荣。王雎鼓翼，鸧鹒哀鸣；交颈颉颃，关关嘤嘤。于焉逍遥，聊以娱情。

【译文】

此时正是农历二月，气候温和，天空一片清明。不论是高原还是洼地，到处都呈现出一派枝叶茂密、百草繁荣的景象。王雎鼓动着翅膀，黄莺发出阵阵悲痛哀伤的鸣叫；河面有交颈的鸳鸯，空中有飞上飞下的群鸟，关关嘤嘤地鸣叫着。我悠然自得地陶醉在这春天的美好景象中，心情格外欢畅。

【原文】

尔乃龙吟方泽，虎啸山丘。仰飞纤缴，俯钓长流；触矢而毙，贪饵吞钩；落云间之逸禽，悬渊沉之鲜鳎。

【译文】

就像是龙在大泽中低吟，虎在山丘里长啸。我仰首射箭，俯身垂钓；飞鸟触箭而毙命，游鱼贪饵而上钩；我射

龙吟于泽

落云间的飞鸟，钓起深水中的鲹鲻。

于时曜灵俄景，系以望
舒。极般游之至乐，虽日夕
而忘劬。感老氏之遗诫，将
回驾乎蓬庐。弹五弦之妙指，
咏周孔之图书；挥翰墨以奋
藻，陈三皇之轨模。苟纵心
于物外，安知荣辱之所如？

奋笔疾书

【译文】

此时太阳倾斜而下，
明月开始渐渐升起。尽情地嬉戏游乐，玩到太阳下山也不
觉疲累。老子的告诫在脑中浮现，是时候应该驾车返家
了。弹奏五弦琴展现美好的情趣，将周公、孔子所著之书
拿来咏诵；挥舞笔墨，奋笔疾书，把三皇贤圣的法规一一
陈述。暂且将心置于尘世之外，哪里还去管什么毁誉与
荣辱？

汉赋经典

贾谊

【作者简介】

　　贾谊（前200～前168），洛阳（今河南洛阳）人，西汉著名政论家和文学家。贾谊十八岁便显露出过人的才华，因此受到河南郡守吴公的推荐步入仕途。二十余岁时，他被文帝召为博士，随后不到一年的时间里，他就被破格升为太中大夫。二十三岁时，贾谊因被其他朝臣嫉妒陷害，被贬为长沙王的太傅。后来，贾谊又被召回长安，成为梁怀王太傅。梁怀王坠马身亡后，贾谊内心深感歉疚，三十三岁便忧伤而死。他的著作主要以散文和辞赋为主。散文中著名的篇目有《过秦论》、《论积贮疏》、《陈政事疏》；辞赋方面则以《吊屈原赋》、《鵩鸟赋》最为著名。

吊屈原赋

【原文】

　　恭承嘉惠兮，俟罪长沙。侧闻屈原兮，自沉汨罗。造托湘流兮，敬吊先生。遭世罔极兮，乃殒厥身。呜呼哀哉！逢时不祥。鸾凤伏窜兮，鸱枭翱翔。阘茸尊显兮，谗谀得志。

贤圣逆曳兮，方正倒植。世谓随、夷为溷兮，谓跖、蹻为廉；莫邪为钝兮，铅刀为铦。吁嗟默默，生之无故兮。斡弃周鼎，宝康瓠兮。腾驾罢牛，骖蹇驴兮。骥垂两耳，服盐车兮。章甫荐履，渐不可久兮。嗟苦先生，独离此咎兮。

【译文】

　　我恭敬地接受这份美好的恩惠啊，惴惴不安地去长沙任职。我听说了屈原的故事啊，他自尽于汨罗江中。到了湘江我将情感寄托于这篇文章啊，以此来祭悼屈原先生。你遇到了是非不分的君主啊，为此赔上了自己的性命。哎呀！你没有生在好的时代啊。鸾鸟与凤凰在隐伏逃窜啊，鸱鸮那样的恶鸟却在高空翱翔。陋鄙无能的人拥有尊贵显耀的地位啊，惯于诋毁和谄媚的人都志得意满。贤明高尚的人被倒拽着无法立足啊，品性刚毅正直的人得不到公正的对待。世上的人认为卞随、伯夷为人恶浊不堪啊，觉得盗跖、庄蹻才可以称为廉洁；认为莫邪为钝剑啊，觉得铅刀才锋利。叹息满腔抱负无法施展啊，屈原无故遭遇了这样的灾祸。这就像是将周鼎抛弃，而把瓦盆视为珍宝啊。用疲惫不堪的牛来驾车，将跛足的驴驾在车前两侧啊。骏马低垂着两耳，被安排去拉盐车啊。帽子用来垫鞋，这种是非贵贱颠倒的行为是无法长久的。感叹先生您的痛苦，竟然遭遇了这样的灾祸啊。

【原文】

　　讯曰：已矣！国其莫我知兮，独壹郁其谁语？凤漂漂其高逝兮，固自引而远去。袭九渊之神龙兮，沕深潜以自

汉赋经典

贾谊凭吊屈原

珍。偭蟂獭以隐处兮，夫岂从虾与蛭蟥？所贵圣人之神德兮，远浊世而自藏。使骐骥可得系而羁兮，岂云异夫犬羊？般纷纷其离此尤兮，亦夫子之故也。历九州而相其君兮，何必怀此都也？凤凰翔于千仞兮，览德辉而下之。见细德之险征兮，遥曾击而去之。彼寻常之污渎兮，岂能容夫吞舟之巨鱼？横江湖之鳣鲸兮，固将制于蝼蚁。

所以说：算了！国家里没有了解我的人啊，我独自一个人抑郁烦闷，有谁能够听我倾诉呢？凤凰飘然飞向高空翱翔啊，我原本就想要独自远走高飞。效仿九重深渊中的神龙啊，深深地潜藏起来以作自我保护。背离鹜獭而隐居去啊，怎么能跟虾和水蛭一道呢？我认为最珍贵的圣人的高尚品德啊，在远离这污浊尘世的地方将它们珍藏起来。假如千里马能够被拴绑和束缚啊，那么它与狗羊又有什么不同呢？在杂乱无章的世界上遭遇这样的罪过，是您自己的原因啊。游遍大江南北去寻找赏识您的君主啊，为什么要执着地留在郢都呢？凤凰翱翔在千仞高的天空中啊，看到有高尚品德散发出光辉的地方才会降落下来。看到鄙贱的德行所引发出危险征兆，便会腾空远去。那样平常的小水沟啊，怎么能承载得了可以吞下舟船的大鱼呢？在江湖里横行遨游的鳣鲸啊，出水之后也只能受制于微小的蝼蚁。

鸟赋

谊为长沙王傅，三年，有鵩鸟飞入谊舍，止于坐隅。鵩似鸮，不祥鸟也。谊既以谪居长沙，长沙卑湿，谊自伤悼，以为寿不得长，乃为赋以自广。其辞曰：

【译文】

我担任长沙王的太傅一职已经三年了，有一天，一只鵩鸟飞入我家，落在了我的座位旁边。鵩鸟看上去特别像猫头鹰，是不祥的鸟。我因被贬至长沙，而长沙的气候又很潮湿，因此看到类似猫头鹰的鵩鸟，就开始独自哀伤，以为自己命不久矣，于是写了一篇赋来安慰自己。赋文写道：

【原文】

"单阏之岁兮，四月孟夏，庚子日斜兮，鵩集予舍。止于坐隅兮，貌甚闲暇。异物来萃兮，私怪其故。发书占之兮，谶言其度，曰：'野鸟入室兮，主人将去。'请问于鵩兮：'予去何之？吉乎告我，凶言其灾。淹速之度兮，语予其期。'鵩乃叹息，举首奋翼；口不能言，请对以臆。

【译文】

"丁卯那年啊，农历四月的初夏。庚子日太阳西斜啊，鵩鸟聚集在我的住所。它们停落在我的座席旁边啊，看起来非常从容闲适。怪异的东西汇聚在这里啊，我暗自惊疑这其中的缘故。翻开谶书卜算一下吉凶啊，卦象预言

汉赋经典

这一切自有它的定数，卦辞说：'野鸟飞进你的屋内啊，预示着主人即将离去。'恭敬地请教鵩鸟：'我离开这将要去到哪里？要是吉祥的话请告诉我，若是凶险的话就请说明这个灾祸。我的寿命还有多久啊，你一定要告诉我这个日期。'鵩鸟听罢只是叹息，仰头扑打着翅膀；它无法开口说话，便用猜测之语作为回答。

鵩鸟

【原文】

"万物变化兮，固无休息。斡流而迁兮，或推而还。形气转续兮，变化而蝉。沕穆无穷兮，胡可胜言！祸兮福所倚，福兮祸所伏；忧喜聚门兮，吉凶同域。彼吴强大兮，夫差以败；越栖会稽兮，勾践霸世。斯游遂成兮，卒被五刑；傅说胥靡兮，乃相武丁。夫祸之与福兮，何异纠缪；命不可说兮，孰知其极！水激则旱兮，矢激则远；万物回薄兮，振荡相转。云蒸雨降兮，纠错相纷；大钧播物兮，坱圠无垠。天不可预虑兮，道不可预谋；迟速有命兮，乌识其时。

【译文】

"世间万物的变化啊，原本就是不停歇的。它运转变化啊，向前推移又回旋往复。有形与无形的物质相互转化接替啊，它们的变化就像是蝉蜕皮一样。宇宙间的真理精微深远啊，怎么能用语言来说透彻呢！福祉依靠在灾祸身旁，灾祸潜藏在福祉中央；忧愁与欢喜聚集在同一个家门啊，吉祥与凶险同聚在相同的地方。那吴国是多么强大啊，夫差却因恃强淫逸而丧国；越王勾践困守在会稽时是多么狼狈啊，他却从此开始称霸。李斯因为善于游说而功成名就啊，最后却被腰斩处死；傅说当初是个奴隶啊，最后却官至丞相辅佐武丁。所以说灾祸和福祉啊，像是互相纠缠在一起的绳索；命运没有办法来解说，无人能够预测最终的结局！水流受到压迫便会迅猛湍急，箭矢受到压迫则会飞得高远；万物反复激荡啊，相互影响着变化周转。云雾蒸腾带来降雨啊，事物变幻错综复杂；大自然就像是用陶钧来造物，茫然没有边际。天理不能事先想到啊，道的规律不能事先谋划；寿命的长短自有命定啊，我如何能知道它的期限。

〔原文〕

"且夫天地为炉兮，造化为工；阴阳为炭兮，万物为铜。合散消息兮，安有常则？千变万化兮，未始有极，忽然为人兮，何足控抟；化为异物兮，又何足患！小智自私兮，贱彼贵我；达人大观兮，物无不可。贪夫殉财兮，烈士殉名。夸者死权兮，品庶每生。怵迫之徒兮，或趋东西；大人不曲兮，意变齐同。愚士系俗兮，窘若囚拘；至人遗物兮，独与道俱。众人惑惑兮，好恶积亿；真人恬漠兮，独与道息。释智遗形兮，超然自丧；寥廓忽荒兮，与道翱翔。乘流则逝兮，得坎则止；纵躯委命兮，不私与己。

"其生兮若浮，其死兮若休；澹乎若深泉止之静，泛

夫差淫逸丧国

乎若不系之舟。不以生故自宝兮，养空而浮。德人无累，知命不忧。细故蒂芥，何足以疑！"

"况且天地本来就是一个大熔炉，自然界的创造演化就是能工巧匠；阴与阳就是炭火啊，世间万物便是那熔炼着的铜块。聚散生灭啊，哪有长久不变的规则？千般改变万种造化啊，从来没有穷尽的时候。偶然间成为人啊，哪里值得把持不放；就算是转化成为怪物啊，又哪里值得忧患连连！目光短浅的人自私自利啊，看轻别人看重自我；知命通达的人眼光远大啊，没有认为不能接受的东西。贪图钱财的人为金钱殉葬啊，志向高远的人为名舍命。追求权势的人死于权势啊，百姓苟且贪生。为利益所诱迫的人啊，东奔西走地追求；道德高尚的人不肯屈就世俗啊，万物变化一视同仁。愚蠢的人被世俗所牵累啊，生活窘困如被刑拘；道德完善的人摒弃一切外物啊，只有道与他们同在。世人思绪混乱啊，好恶都堆积在心中；得道的人淡泊尘世啊，只与道一同止息。放弃智虑，丢却身形啊，超脱于外物如同忘记自己；辽阔宽广看不真切啊，与道一同翔翔。随着水波流逝啊，遇到小洲便顺势停歇；放开自己听从命运的安排啊，不要将身躯视为私有。

"人生啊就像是浮萍，死亡啊就像是停下休息；恬静如同深泉的平静，漂浮像是没有束缚的小舟。不因为有生命便认为自己宝贵啊，放空心性随世沉浮。有德之人不为世俗所累，明了自己的命运没有烦忧。那些琐碎的事情就像是草芥一般啊，哪里值得你去为它疑虑！"

枚乘

【作者简介】

　　枚乘（？～前140），字叔，秦建洽时古淮阴人，西汉辞赋家。七国叛乱时，枚乘因前后两次上谏吴王而声名显赫。在文学方面，他擅长辞赋，《汉书·艺文志》便著录有其赋九篇。

七发

【原文】

　　楚太子有疾，而吴客往问之曰："伏闻太子玉体不安，亦少间乎？"太子曰："惫！谨谢客。"客因称曰："今时天下安宁，四宇和平，太子方富于年。意者久耽安乐，日夜无极，邪气袭逆，中若节辖。纷屯澹淡，嘘唏烦酲，惕惕怵怵，卧不得瞑。虚中重听，恶闻人声，精神越渫，百病咸生。聪明眩曜，悦怒不平。久执不废，大命乃倾。太子岂有是乎？"太子曰："谨谢客。赖君之力，时时有之，然未至于是也。"客曰："今夫贵人之子，必官居而闺处，内有保母，外有傅父，欲交无所。饮食则温淳甘膬，腥臊肥厚；衣裳则杂沓曼煖，燀烁热暑。虽有金石之坚，犹将销铄而挺解也，况其在筋骨之间乎哉？故曰：纵耳目之欲，恣支体之安者，伤血脉之和。且夫出舆入辇，命曰蹙痿之机；洞房清宫，命曰寒热之媒；皓齿蛾眉，命曰伐性之斧；甘脆肥脓，命曰腐肠之药。今太子肤色靡曼，四支委随，筋骨挺解，血脉淫濯，手足堕窳；越女侍前，齐姬奉后；往来游醼，纵

吴客问候楚太子

恣于曲房隐间之中。此甘餐毒药，戏猛兽之爪牙也。所从来者至深远，淹滞永久而不废，虽令扁鹊治内，巫咸治外，尚何及哉！今如太子之病者，独宜世之君子，博见强识，承间语事，变度易意，常无离侧，以为羽翼。淹沈之乐，浩唐之心，遁侠之志，其奚由至哉！"

【译文】

　　楚国的太子患了病，一位吴国来的客人前去向他表示问候，说道："听说太子现在身体欠佳，病好些了吗？"太子说："我觉得疲惫乏力！谢谢你的问候。"吴国客人因此趁机进言道："如今天下安宁，四方和顺太平，太子您也正值年轻力强。我猜想您是长期沉溺于安乐之中，白天黑夜不懂节制，致使邪气入侵身体，在体内郁结不畅。因此您心神杂乱无章，烦闷叹息，神志不清如同醉酒。

平日心慌意乱，惴惴不安，无法安歇。中气虚弱，难辨声音，对人声厌烦，精神涣散迷离，形如百病丛生。听不清视不明，情绪喜怒失常。此种状况若是长久不能改善，便有性命之忧。太子是否符合这种情况呢？"太子说："谢谢你的好意。我依赖着国君的力量，享受着荣华富贵，虽然时常会有这样的病况出现，但是并没有达到你所说的这种程度。"吴国客人说："如今的那些富贵家族的子弟，必定是住在深宫内院之中的，在内他们有宫女来照料日常生活，在外他们有师傅来负责他们的教育辅导，就是想交个朋友都没有办法。他们吃的是香美可口的肥肉，喝的是味道浓厚的烈酒；穿的是轻柔细软、厚实温暖的衣裳。如此一来，便是那坚硬的金石，恐怕都得溶解消散，更何况是将这些东西加载在由筋骨组成的身体上啊！因此说，耳目上放纵欲望，肢体上恣意安乐，便会使血脉的畅达受到损害。况且，出也坐车入也坐车，便会给肌肉的麻痹萎缩提供机会；常常待在深邃清凉的宫室，便会给寒热之病的发生提供媒介；娇媚动人的美人，便是戕害生命的利斧；甘甜酥脆的美味与滑腻的肥肉，便是致使肠子腐烂的毒药。如今太子您的皮肤过于细嫩，四肢萎弱不灵活，筋骨疏松，血脉阻塞，手脚软弱无力；越国的美女在前服侍着，齐国的佳人在后侍奉着；穿梭于宴会吃喝玩乐，在隐蔽的幽室中恣意纵情。这就等于享用着毒药，玩弄着猛兽利爪啊。这样的生活由来已久，若是再不改变，任它长久地维持下去，那么即使您身体内部的疾病是由扁鹊来医治，祈祷祝福让巫咸来进行，也不会来得及啊！如今像太子您这样的病人，只能依靠世上的君子，帮助您增长见闻、拓展学识，把握适当的机会来为您讲述这宫墙外的一些事情，帮助您改变如今的生活习惯与情趣志向，您应该让他们时常陪伴在您的身旁辅佐您，成为您的羽翼。这样，沉溺于享乐的行为，恣意妄为的心思，放荡不羁的志向，能从哪里产生呢！"

【原文】

　　太子曰："诺。病已，请事此言。"

　　客曰："今太子之病，可无药石针刺灸疗而已，可以要言妙道说而去也，不欲闻之乎？"

　　太子曰："仆愿闻之。"

　　客曰："龙门之桐，高百尺而无枝。中郁结之轮菌，根扶疏以分离。上有千仞之峰，下临百丈之溪。湍流溯波，又澹淡之。其根半死半生。冬则烈风漂霰、飞雪之所激也，夏则雷霆、霹雳之所感也。朝则鹂黄、鸤鸲鸣焉，暮则羁雌、迷鸟宿焉。独鹄晨号乎其上，鹍鸡哀鸣翔乎其下。于是背秋涉冬，使琴挚斫斩以为琴，野茧之丝以为弦，孤子之钩以为隐，九寡之珥以为约。使师堂操畅，伯子牙为之歌。歌曰：'麦秀蔪兮雉朝飞，向虚壑兮背槁槐，依绝区兮临回溪。'飞鸟闻之，翕翼而不能去；野兽闻之，垂耳而不能行；蚑蟜蝼蚁闻之，拄喙而不能前。此亦天下之至悲也，太子能强起听之乎？"

　　太子曰："仆病未能也。"

【译文】

　　太子说："好吧。我的病好了之后，一定按照你的话

汉赋经典

黄鹂

去做。"

吴国客人说："如今太子您的疾病，想要治好的话，药品、石针、针灸等办法都可以不用，而只要听从中肯切要的话语、精妙的道理便可以消除疾患，您不想听听吗？"

太子说："我愿意听这样的话。"

吴国客人说："龙门山上有高达百尺、没有枝条的桐树。桐树的树干上有盘曲的纹理积结，它的树根向四周伸展，分散地长在土壤中。它的上方是千仞高的山峰，下面是百丈深的溪涧。湍急的水流逆向冲击着它，不停地在水中起伏摇荡。桐树的根一半死一半生。冬天它要忍受寒风、冰雹、飞雪的击打，夏天它要承受震雷的撼动。早上黄鹂、鸬鸪站在它身上鸣叫，傍晚失偶的雌鸟、迷途的归禽在它的身上栖息。清晨孤独的黄鹄在它上面啼叫，鹍鸡在它下面哀鸣着飞翔。它这样经过秋天，度过冬天，一年又一年。它让琴挚将它砍伐制成琴，野生的茧丝为它做弦，孤儿衣服上的带钩为它做装饰，拥有九个孩子的寡妇的耳环是它的琴徽。师堂用它来弹奏《畅》曲，伯子牙来为它演唱。歌词中说：'麦子抽穗开花的时候啊，早上有野鸡在空中飞翔，野鸡飞向空谷啊，从枯槁的槐树上离去，它盘桓在悬崖断壁的地方，下临迂回曲折的小溪。'飞鸟听到这歌声，便收敛翅膀不再飞离；野兽听到这歌声，便垂下双耳不再行走；蚑蛲、蝼蛄、蚂蚁听到这歌声，便张开嘴巴，不再前进。这歌声是天下间最为悲伤的歌声了。太子您能努力起身去听一听吗？"

太子说："我生病了，没有办法起身去听啊。"

客曰："犓牛之腴，菜以笋蒲。肥狗之和，冒以山肤。楚苗之食，安胡之饭，抟之不解，一啜而散。于是使伊尹煎熬，易牙调和。熊蹯之臑，勺药之酱。薄耆之炙，鲜鲤之鲙。秋黄之苏，白露之茹。兰英之酒，酌以涤口。山梁之餐，豢豹之胎。小饭大歠，如汤沃雪。此亦天下之至美也，太子能强起尝之乎？"

太子曰："仆病未能也。"

【译文】

吴国客人说："将小牛腹下的肥肉煮熟，用竹笋和香蒲来做菜。把肥嫩的狗肉调制成羹汤，再在上面覆盖上石耳菜。楚国苗山的稻米，捏成一团而不会散开的茭白之实，一吸便在口中融化。于是让伊尹来煎熬食物，易牙来调和味道。煮熟的熊掌，以芍药做酱。将脊肉切成薄片拿去烧烤，将鲤鱼细切制成鱼片。秋天叶子变黄时采摘来的紫苏，被露水滋润过的蔬菜。味道香浓的兰花酒，小酌一口用来清口。野鸡做成美味。饲养的豹子的胎盘用做菜肴。饭要少吃汤要多喝，如同沸水浇注在雪上。这是天下最美味的食物了，太子您能努力起身去品尝一下吗？"

太子说："我生病了，没有办法起身去品尝啊。"

【原文】

客曰："钟、岱之牡，齿至之车；前似飞鸟，后类距虚，稻麦服处，躁中烦外。羁坚辔，附易路。于是伯乐相其前后，王良、造父为之御，秦缺、楼季为之右。此两人者，马伏能止之，车覆能起之。于是使射千镒之重，争千里之逐。此亦天下之至骏也，太子能强起乘之乎？"

太子曰："仆病未能也。"

吴国客人说："钟、岱这些地区出产的雄马，正到了适宜驾车的年龄；跑在前头的那匹像飞鸟，跑在后面的那匹像距虚。它们是用早熟的麦子喂养的，看起来内心和外表都很烦躁，总想要奔跑。将坚固的辔头套在它的头上，让它奔跑在平坦的路上。伯乐前前后后观察这匹良驹，王良和造父前来当驭手，秦缺和楼季做车右。秦缺、楼季这两个人，能制服受惊的马，能扶起翻倒的马车。因此，这样的马参加比赛时可以压下千镒的赌注，可以追逐奔跑日行千里。这可以算是全天下最好的骏马了。太子您能努力起身去骑它吗？"

太子说："我生病了，没有办法起身去骑啊。"

客曰："既登景夷之台，南望荆山，北望汝海，左江右湖，其乐无有。于是使博辩之士，原本山川，极命草木，比物属事，离辞连类。浮游览观，乃下置酒于虞怀之宫。连廊四注，台城层构，纷纭立。辇道邪交，黄池纡曲。溷章、白鹭，孔鸟、鹍鹄，鸳雏、鸡鹠，翠鬣紫缨。螭龙、德牧，邕邕群鸣。阳鱼腾跃，奋翼振鳞。濯濯茡葶，蔓草芳苓。女桑、河柳，素叶紫茎。苗松、豫章，条上造天。梧桐、并间，极望成林。众芳芬郁，乱于五风。从容猗靡，消息阳阴。列坐纵酒，荡乐娱心。景春佐酒，杜连理音。滋味杂陈，肴糅错该。练色娱目，流声悦耳。于是乃发激楚之结风，扬郑、卫之皓乐。使先施、征舒、阳文、段干、吴娃、闾娵、傅予之徒，杂裾垂髫，目窕心与；揄流波，杂杜若，蒙清尘，被兰泽，嬿服而御。此亦天下之靡丽皓侈广博之乐也，太子能强起游乎？"

太子曰："仆病未能也。"

【译文】

吴国客人说："登上景夷台之后，向南观望荆山，向北观望汝水，长江在景夷台的左边，洞庭湖在景夷台的右边，这种乐趣是别的地方所没有的。这个时候，让善于辩论的博学之人，陈述山川的本原，将草木的名称全部叫出，将事物分门别类地排列比较，并用文辞清楚地表达出来。在此地漫游观赏之后，便到虞怀宫设一席酒宴。虞怀宫有四面相通的回廊，层叠构建的城台，景象缤纷，色彩浓绿。通车的大道纵横交错，水池婉转曲折。涠章、白鹭、孔鸟、鸡鹄、鹩雏和鹤鹁，头顶的羽毛呈翠绿色，脖颈的羽毛呈姹紫色。雌龙、德牧鸟，群鸟和鸣。鱼从水中腾跃而出，竖起鱼鳍，将鳞片振动。清澈的河水，长着荠蓼与芳香的苓草。柔嫩的桑树、河柳，树叶发白，枝条则呈现紫色。苗山的松树、豫章，枝条高耸犹如直达天际。梧桐、棕榈，用眼极力地望去，已然成林。草木花香浓郁，在风中融合。枝条随风飘动，叶面反复翻动。依次坐下尽情地饮酒，放开身心纵情欢乐。让春景做那劝酒人，让杜连前来奏乐。这些滋味错杂地融合在一起，食物丰富齐备。精心挑选的美女令人赏心悦目，优美的歌声悦耳动听。于是将《激楚》那急促的音调唱起，把郑、卫的美妙乐曲弹奏。让西施、征舒、阳文、段干、吴娃、闾娵、傅予这样的美貌男女，衣衫混杂，发髻散乱，眼波迷离，情意暗许；他们舀水沐浴，水中夹杂的杜若使他们散发出阵阵芳香，身上好像披了一层薄雾，他们脸上涂抹着被兰草浸润过的油脂，然后穿着艳丽的衣服前来侍奉。这种宴乐是天下最奢华贵丽、广博盛大的了。太子您能努力起身去享受吗？"

太子说："我生病了，没有办法去享受啊。"

【原文】

客曰："将为太子驯骐骥之马，驾飞轮之舆，乘牡骏之乘。右夏服之劲箭，左乌号之雕弓。游涉乎云林，周驰乎兰泽，弭节乎江浔。掩青苹，游清风。陶阳气，荡春心。逐狡兽，集轻禽。于是极犬马之才，困野兽之足，穷相御之智巧，恐虎豹，慑鸷鸟。逐马鸣镳，鱼跨麋角。履游麕兔，蹈践麏鹿，汗流沫坠，冤伏陵窘。无创而死者，固足充后乘矣。此校猎之至壮也，太子能强起游乎？"

太子曰："仆病未能也。"然阳气见于眉宇之间，侵淫而上，几满大宅。

【译文】

吴国客人说："我将要为太子您驯服千里马，驾起轻车，让您乘坐雄性骏马拉的车子。夏后氏箭袋里的劲箭放在您的右边，雕有花纹的良弓放在您的左边。漫步在云梦泽的丛林中，环绕奔驰在长满兰草的沼泽地上，按马漫步徐行于江边。车轮碾压了青苹，我们在清风中漫步。这春天的气息使人陶醉，将一颗春心洗涤。追猎那狡猾的野兽，放群箭射向飞鸟。于是犬马的才能得到了完全的发挥，野兽被围困，无处可逃，看马和驾车的人的智慧与技巧悉数使出，虎豹为之恐惧，鸷鸟因此慑服。奔跑追逐的骏马戴着嚼子嘶鸣，如鱼腾跃，似鹿角逐。麕兔和麋鹿被践踏在马蹄之下，猎物四处逃窜，以致汗水流落，口沫滴溅，惊恐委屈地伏在地上。没有受伤却因恐惧而死的猎物多到可以塞满所有随从的车子。这种打猎的景象是最壮观的了，太子能努力起身去游猎吗？"

太子说："我生病了，没有办法去游猎。"然而此时一股阳气在太子的眉宇之间显现，这股气逐渐展开，几乎将整个面部充满。

【原文】

客见太子有悦色，遂推而进之曰："冥火薄天，兵车雷运，旃旗偃蹇，羽毛肃纷。驰骋角逐，慕味争先。徼墨广博，观望之有圻。纯粹全牺，献之公门。"

太子曰："善！愿复闻之。"

【译文】

吴国客人见到太子面露喜悦的神色，于是便更进一步说道："黑夜中火把的光亮迫近天空，兵车像滚雷一样发出震耳的响声。高举的旌旗上，装饰着整齐而色彩纷纭的鸟兽羽毛。奔驰的车马往来追逐，为了获得野味，人人奋勇争先。为了拦截野兽而被焚烧过的田野宽广辽阔，远远地观望依稀可以看到它的边缘。那毛色纯净一致，躯体保持完整的猎物，将被进献于诸侯。"

太子说："讲得好！我想听你再说一些。"

客曰："未既。于是榛林深泽，烟云暗莫，兕虎并作。毅武孔猛，袒裼身薄。白刃砎砎，矛戟交错。收获掌功，赏赐金帛。掩苹肆若，为牧人席。旨酒嘉肴，羞炰脍炙，以御宾客。涌觞并起，动心惊耳。诚必不悔，决绝以诺；贞信之色，形于金石。高歌陈唱，万岁无斁。此真太子之所喜也，能强起而游乎？"

太子曰："仆甚愿从，直恐为诸大夫累耳。"然而有起色矣。

吴国客人说："我并没有说完。在那丛林与深泽间，蒸腾的烟云遮天蔽日，犀牛、老虎一同出没。打猎的人孔武有力、勇猛非常，他们袒胸露背，赤膊上阵。锋利的刀刃泛着白光，矛戟纵横交错。狩猎完毕，以猎获的野物数量计算功劳，将金银和布帛作为赏赐下发出去。青苹被压平，杜若被铺开，那是牧人要摆设宴席。浓烈的美酒，美味的佳肴，烹煮的美味鱼片与烤肉炙，是款待嘉宾贵客的美食。众人一同将酒杯斟满，起身来祝酒，宾客们的高谈阔论听起来是那样动听。诚实直言绝不后悔，说出的承诺定要执行。坚定诚实的神色，就像金石一样坚固。人们放声高歌，多久都不会厌倦。这样的情景是太子您最喜爱的，您能努力起身去游玩吗？"

太子说："我非常愿意和大家同去，只是担心自己会成为大家的累赘。"然而，太子有好转的样子了。

【原文】

客曰："将以八月之望，与诸侯远方交游兄弟，并往观涛乎广陵之曲江。至则未见涛之形也，徒观水力之所到，则恤然足以骇矣。观其所驾轶者，所擢拔者，所扬汩者，所温汾者，所涤汔者，虽有心略辞给，固未能缕形其所由然也。怵兮忽兮，聊兮栗兮，混汨汨兮。忽兮慌兮，俶兮傥兮，浩汋漾兮，慌旷旷兮。秉意乎南山，通望乎东海。虹洞兮苍天，极虑乎崖涘。流揽无穷，归神日母。汩乘流而下降兮，或不知其所止。或纷纭其流折兮，忽缪往而不来。临朱汜而远逝兮，中虚烦而益怠。莫离散而发曙兮，内存心而自持。于是澡概胸中，洒练五藏，澹澈手足，颓濯发齿。揄弃恬怠，输写淟浊。分决狐疑，发皇耳目。当是之时，虽有淹病滞疾，犹将伸伛起躄，发喑披聋而观望之也，况直眇小烦懑、醒醲病酒之徒哉！故曰发蒙解惑，不足以言也。"

太子曰："善，然则涛何气哉？"

【译文】

吴国客人说："八月十五日，我们与诸侯以及从远方而来的兄弟朋友们，一同前去广陵观看曲江的波涛。刚到那里时我们还没有看到波涛涨起的迹象，只看到水流全力涌来的样子，便已让人万分惊恐了。当你看到波涛凌驾飞跃的样子，浪头高起的样子，波涛激荡的样子，水流聚结回旋的样子，波浪相互冲击的样子，就算是足智多谋、言辞敏捷的人，也没有办法将波涛形成的这种壮景详尽极致地描绘出来。恍恍惚惚，看不真切啊；战战兢兢，心存恐惧啊；波涛滚滚啊，急速流逝。迷茫慌乱啊，波涛奔流不羁；那浩瀚的水势啊，宽广无涯。从南山之下一直远望到东海，汹涌的江涛绵延弥漫，水天相接，使人难于想象哪里是江水的尽头。周流观览无尽的江水，将心神归向到日出的地方。湍急的江涛随着汩汩的水流流向下游啊，没有人知道它将会在哪里停歇。有时波涛纷乱而曲折地流着啊，忽然又纠缠在一起向前流去再不复返。浪涛来到南方的水边又流向远处啊，使人心中烦闷而变得更加疲倦。看完涛水之后，整晚心烦意乱啊，直到天明心情才渐渐恢复平静安稳。经过这次观涛，心胸受到涤荡，五脏得到清洗，手足变得更加干净，头发也变得洁净光亮了。安逸懒散的情绪被抛弃，肮脏的污垢得到清除。疑惑不清的事情被分辨决断，耳朵、眼睛开始通透明亮。在这种情形之下，就是患有顽症的、久病不起的人，都会将驼着的背伸直，将瘸了的双腿抬起。瞎子睁开双眼，聋子张开耳朵，一同来见证这

赴广陵观曲江之水

波澜壮阔的江涛，何况是那些心中略有烦闷、因肥肉烈酒伤食的人呢！所以说，这江涛可以启发蒙昧、解除疑惑，无法用语言表达。"

太子说："好啊。那么这江涛到底是一种什么样的景象呢？"

【原文】

客曰："不记也，然闻于师曰，似神而非者三：疾雷闻百里；江水逆流，海水上潮；山出内云，日夜不止。衍溢漂疾，波涌而涛起。其始起也，洪淋淋焉，若白鹭之下翔。其少进也，浩浩澄澄，如素车白马帷盖之张。其波涌而云乱，扰扰焉如三军之腾装。其旁作而奔起者，飘飘焉如轻车之勒兵。六驾蛟龙，附从太白，纯驰浩蜺，前后骆驿。颙颙印印，椐椐彊彊，莘莘将将。壁垒重坚，沓杂似军行。訇隐匈礚，轧盘涌裔，原不可当。观其两傍，则滂渤怫郁，暗漠感突，上击下律，有似勇壮之卒，突怒而无畏。蹈壁冲津，穷曲随隈，逾岸出追。遇者死，当者坏。初发乎或围之津涯，荄轸谷分。回翔青篾，衔枚擅桓。弭节伍子之山，通厉骨母之场，凌赤岸，篲扶桑，横奔似雷行。诚奋厥武，如振如怒。沌沌浑浑，状如奔马。混混庉庉，声如雷鼓。发怒庢沓，清升逾跇，侯波奋振，合战于藉藉之口。鸟不及飞，鱼不及回，兽不及走。纷纷翼翼，波涌云乱，荡取南山，背击北岸，覆亏丘陵，平夷西畔。险险戏戏，崩亏陂池，决胜乃罢。㴯汩潺湲，披扬流洒。横暴之极，鱼鳖失势，颠倒偃侧，沈沈湲湲，蒲伏连延。神物怪疑，不可胜言，直使人踃焉，洄暗凄怆焉。此天下怪异诡观也，太子能强

六驾蛟龙

起观之乎？"

太子曰："仆病，未能也。"

【译文】

吴国客人说："这个没有典籍记载。但是我从我的老师那里听说过，江涛似神又不似神的地方共有三点：第一点是涛声像疾雷，百里之外都能听到；第二点是江水倒流，海水向上涨潮；第三点是山谷涌出云气，日夜都不间断。平满的江水，湍急非常，波涛汹涌。江涛开始兴起的时候，山中洪水倾泻，仿佛白鹭向下飞翔一般。过了一小会之后，水势开始变得浩荡，白茫茫一片，就像是白马驾着的素车的车盖帷幔。波涛汹涌而来，乱云在空中翻滚，那纷乱的样子犹如军队在整理行装。浪涛翻腾并起，腾起的样子好似轻车上的将军在指挥军队。六条蛟龙驾着车，在河神的后面跟随，就像是一条白色霓虹在奔跑，连绵不断。汹涌的波涛，浪头高大，波涛前后追逐，互相激荡。这就像是壁垒和坚固的防御；纷乱嘈杂又好像军队行进。波涛撞击轰鸣，没有边际，力量不可阻挡。观察涛水的两旁，则是水势汹涌不平，灰蒙蒙一片，不停冲击，一会儿向上击打，一会儿向下冲击，如同勇猛壮硕的士兵，不畏艰险，奋勇前进。涛水踏着岸壁，冲击渡口，流湾注曲，漫出堤岸。遇到它的要死亡，挡住它的将被毁坏。波涛从或围之津的水边出发，碰到山陇开始回转，遇到川谷便分流，它在青篾打转，经过擅桓时像战马衔枚般驱驰急进。它从伍子山缓缓流过，远行到胥母的战场。它凌驾于赤岸，扫向日出的地方，似雷行横冲直撞。它展现着自己的

圣人之言

威武，像是在示威，又像是在发怒。水势相随，如万马奔腾。浪声轰鸣，如擂鼓震天。水势受阻而沸涌，清波掀起而升腾，大的波浪奋力震荡，在岌岌的隘口交战。鸟儿赶不及飞翔，鱼儿来不及回游，兽类来不及奔走。波涛纷乱飞腾，涌动如乱云翻滚，浪涛荡击向南山，马上又背冲向北岸。它将丘陵毁坏，把西岸削平。这倾斜危险的样子，使池塘崩坏，好像不得胜利绝不罢休。流水澎湃，浪花飞扬。波涛横暴到了极点，鱼鳖也不能自保，它们上下颠倒腹背翻覆，一个挨一个伏在地上。水中的神物各显怪疑，没有办法多加详述，使人惊吓跌倒，惊骇失智，魂魄飞散。这种奇观是天底下最为罕见怪异的了，太子您能努力起身去观赏吗？"

太子说："我生着病，没有办法去观赏。"

客曰："将为太子奏方术之士有资略者，若庄周、魏牟、杨朱、墨翟、便蜎、詹何之伦，使之论天下之释微，理万物之是非；孔、老览观，孟子持筹而算之，万不失一。此亦天下要言妙道也，太子岂欲闻之乎？"

于是太子据几而起，曰："涣乎若一听圣人辩士之言。"涊然汗出，霍然病已。

【译文】

吴国客人说："那么我将为太子您推荐会道术并且富有资望智略的人，他们就像是庄周、魏牟、杨朱、墨翟、便蜎、詹何那样的人物。让他们讨论天下道理的精深微妙，梳理世间万物的是非曲直，请孔子、老子前来审阅鉴定，请孟子前来筹划算计，这样便可万无一失了。这是天下学说中最切中精妙的道理啊，太子难道不想听听吗？"

于是太子扶着几案站起来，说道："你的话使我豁然开朗，就像是一瞬间听到了圣人辩士的学说。"太子身上被汗水浸透，忽然之间病已经痊愈了。

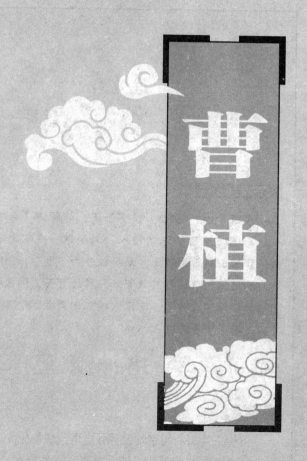

曹植

【作者简介】

　　曹植（192～232），字子建，沛国谯（今安徽亳州）人。三国时期曹魏著名诗人、文学家，建安文学的代表人物。曹植生前曾为陈王，死后谥号为"思"，因此世人又称其为陈思王。曹植与其父曹操、其兄曹丕，因文学上的成就而被合称为"三曹"，南宋文学家谢灵运评价曹植说"天下才有一石，曹子建独占八斗"。

洛神赋

【原文】

　　黄初三年，余朝京师，还济洛川。古人有言，斯水之神，名曰宓妃。感宋玉对楚王神女之事，遂作斯赋，其辞曰：

【译文】

　　黄初三年，我来到京都朝拜天子，回来的时候从洛水渡船。古人曾说过，洛水的神灵名叫宓妃。我有感于宋玉将楚王所见神女之事写成文章，因此便写了这篇赋。此赋说：

余从京域，言归东藩，背伊阙，越轘辕，经通谷，陵景山。日既西倾，车殆马烦。尔乃税驾乎蘅皋，秣驷乎芝田，容与乎阳林，流眄乎洛川。于是精移神骇，忽焉思散。俯则未察，仰以殊观。睹一丽人，于岩之畔。乃援御者而告之曰："尔有觌于彼者乎？彼何人斯，若此之艳也！"御者对曰："臣闻河洛之神，名曰宓妃。然则君王所见，无乃是乎？其状若何，臣愿闻之。"

【译文】

我从京城出发，返回东方的封地鄄城，翻过伊阙山，越过轘辕山，从通谷经过，登上了景山。此时太阳已然西斜，车马困乏。因此我在长满杜蘅草的岸边停下了车子，让马去芝草地里自由地吃草，自己在树林中漫步，向水波浩渺的洛川放眼望去。在不知不觉间，我精神恍惚，思绪飘散。低头时我并未发觉什么，抬起头来，却看见了异常的景象。只见一个美貌的佳人，站立在山岩的旁边。于是，我拉着身边的车夫对他说："你看见那边的女子了吗？那是谁，为什么如此美丽！"车夫回答道："臣听说洛河有个名叫宓妃的神灵。君王现在所见的，莫非是她？她长什么样，臣很想听一听。"

【原文】

余告之曰："其形也，翩若惊鸿，婉若游龙，荣曜秋菊，华茂春松。仿佛兮若轻云之蔽月，飘飖兮若流风之回雪。远而望之，皎若太阳升朝霞。迫而察之，灼若芙蕖出渌波。

汉赋经典

汉赋经典

曹植

秾纤得衷，修短合度。肩若削成，腰如约素。延颈秀项，皓质呈露，芳泽无加，铅华弗御。云髻峨峨，修眉联娟，丹唇外朗，皓齿内鲜。明眸善睐，靥辅承权，瑰姿艳逸，仪静体闲。柔情绰态，媚于语言。奇服旷世，骨像应图。披罗衣之璀粲兮，珥瑶碧之华琚。戴金翠之首饰，缀明珠以耀躯。践远游之文履，曳雾绡之轻裾。微幽兰之芳蔼兮，步踟蹰于山隅。于是忽焉纵体，以遨以嬉。左倚采旄，右荫桂旗。攘皓腕于神浒兮，采湍濑之玄芝。

【译文】

我告诉车夫说："她的身影，翩翩然像是惊飞的鸿雁，曲线婉约像是游动的蛟龙。她的面容如同秋天盛开的菊花，她的风姿如同春天茂盛的青松。她的身影隐隐约约，好似轻云将明月遮掩；形象飘忽不定，好似流风将雪花吹落。远远地望去，她就像朝霞中冉冉升起的太阳般皎洁明亮；近近地观察，她就像绿波间绽放的荷花般清丽耀眼。她的体态，丰纤适中，高矮得宜。肩部窄如刀削，腰部细如紧束的白绢。光滑的脖颈细长秀美，白皙的皮肤微微显露，既没有熏香，也没有敷粉。她的发髻高高耸立，修长的眉毛微微弯曲，洁白的牙齿在明媚的红唇中闪闪发光。她的双眼明亮动人，顾盼生姿，甜美的酒窝隐藏在面颊之下，姿态奇美，艳丽从容，仪容娴静，体态文雅。她有柔美和顺的情态，悦耳动听的声线。她穿着世间难见的奇特衣服，骨骼体貌似画中一样。她披着耀眼夺目的绫罗，戴着华美玉石雕成的耳环。头上佩戴着金银翡翠的首饰，周身点缀着明亮的宝珠。她踏着的鞋绣有花纹，拖着的裙裾如同薄雾一般。她的周身微微散发着幽兰的清香，在山边漫步徘徊。她偶尔纵身一跃，边行走边嬉戏。左面有彩旗可以依靠，右边有桂旗为她遮阳。她卷起衣袖，洁白的手腕探向河水之中，将湍急河水中的黑色芝草采撷。

【原文】

"余情悦其淑美兮，心振荡而不怡。无良媒以接欢兮，托微波而通辞。愿诚素之先达兮，解玉佩以要之。嗟佳人之信修，羌习礼而明诗。抗琼珶以和予兮，指潜渊而为期。执眷眷之款实兮，惧斯灵之我欺。感交甫之弃言兮，怅犹豫而狐疑。收和颜而静志兮，申礼防以自持。

【译文】

"我钟情于她的贤淑和美丽，心生涟漪而不安。没有合适的媒人去替我传达爱意啊，只能用眼神来表达情意。希望我诚挚的心意能够先于别人向她陈述，解下玉佩作为对她的邀请。嗟叹啊，她真是太过于美好，懂得礼仪又通晓诗词。她将美玉举起作为对我的回应啊，指着深深的潭水定下会面的日期。我怀揣着真诚的依恋啊，又害怕受到神女的欺骗。我有感于郑交甫遭遇神女背弃诺言的事迹，心中不觉惆怅犹豫，将信将疑。于是我收敛喜悦的面容，将心神镇定，谨从礼仪对自己进行约束。

【原文】

"于是洛灵感焉，徙倚彷徨。神光离合，乍阴乍阳。竦轻躯以鹤立，若将飞而未翔。践椒涂之郁烈，步蘅薄而流芳。超长吟以永慕兮，声哀厉而弥长。尔乃众灵杂沓，命俦啸侣。或戏清流，或翔神渚。或采明珠，或拾翠羽。从南湘之二妃，携汉滨之游女。叹匏瓜之无匹兮，咏牵牛之独处。扬轻袿之猗靡兮，翳修袖以延伫。体迅飞凫，飘忽若神。凌波微步，罗袜生尘。动无常则，若危若安。进止难期，若往若还。转眄流精，光润玉颜。含辞未吐，气若幽兰。华容婀娜，令我忘餐。

【译文】

"洛神有感于我的情谊，在那里低回徘徊。水波荡漾，波光一会儿隐一会儿现，一会儿明一会儿暗。她耸起轻盈的躯体像仙鹤一般站立，欲飞却还留；她踏着生满花椒、香气浓郁的小路，走过芬芳四溢的杜蘅草丛。她怅然地长吟抒发着长久的思慕，那声音哀婉凄厉又持久悠长。众多的神灵纷沓而来，呼朋引伴，他们有的在清澈的流水中嬉戏，有的在洛神常游的小洲上飞翔，有的在河底采集明珠，有的在岸边拾取翠鸟的羽毛。洛神的身旁跟随着南湘二妃——娥皇和女英，手挽汉水的女神。她们叹息瓠瓜星没有配偶，哀咏牵牛星的寂寞独处。她们轻薄的上衣随风飘荡，扬起修长的衣袖遮蔽日光远远眺望，长久地伫立。她身体敏捷仿佛轻盈的飞鸟，飘忽游移如同神灵。她在水波上细步行走，罗袜溅起似烟尘般的水雾。她行动没有规律，看起来像是很着急又像是积悠闲。她的进退难以预料，看起来像是要离开又像是要回还。她转动的双眼射出异彩流光，光滑的容颜焕发着美玉般的光泽。话还未从口中说出，气息中便散发出幽兰香气。她婀娜多姿的美貌

女娲

将我深深吸引，使得我茶饭不思。

　　"于是屏翳收风，川后静波。冯夷鸣鼓，女娲清歌。腾文鱼以警乘，鸣玉鸾以偕逝。六龙俨其齐首，载云车之容裔。鲸鲵踊而夹毂，水禽翔而为卫。于是越北沚，过南冈，纡素领，回清阳，动朱唇以徐言，陈交接之大纲。恨人神之道殊兮，怨盛年之莫当。抗罗袂以掩涕兮，泪流襟之浪浪。悼良会之永绝兮，哀一逝而异乡。无微情以效爱兮，献江南之明珰。虽潜处于太阴，长寄心于君王。忽不悟其所舍，怅神宵而蔽光。

　　"此时风神屏翳将晚风停下，水神川后使波涛静息。冯夷击响神鼓，女娲展现清亮的歌喉。文鱼飞腾着为洛神的车乘担当警卫，众神敲击着玉鸾一同离去。六条齐头并进的飞龙，从容地驾着云车前行。鲸鲵争相腾跃夹护在车驾两旁，水禽穿梭飞翔护卫车驾。于是，车架越过北面水中的小洲，翻过南面的山冈，洛神将洁白的脖颈回转过来，用清秀美丽的眉目回看着我，微启朱唇缓缓诉说，陈述着往来交替的纲常。只恨人神殊途，为彼此正值青春却无法在一起而苦苦哀怨。她举起衣袖掩面哭泣啊，泪水滚滚而下将衣襟浸湿。悲叹这美好的相会将永远不再有，哀念双方从此将天各一方。没有用细微的情感来表达爱意啊，只有将江南的明珰献上。自己虽然隐居在水下，却将长久地将君王记挂在心上。忽然间洛神不知所终，我为那一转即逝的流光黯然神伤。

"于是背下陵高，足往神留。遗情想像，顾望怀愁。冀灵体之复形，御轻舟而上溯。浮长川而忘返，思绵绵而增慕。夜耿耿而不寐，沾繁霜而至曙。命仆夫而就驾，吾将归乎东路。揽𬴂辔以抗策，怅盘桓而不能去。"

"于是我从低矮的地方走向高处，人虽然离开了，但是心神却还留在那里。洛神的容貌还留在我的脑海之中，我想象着相会时的情景，四下回望，却更添惆怅。我盼望着洛神能够再次出现，于是驾着轻舟逆流而上。我在悠长的洛水上漂泊，忘了回返，思念绵长不断，爱慕之情越发浓厚。我整夜心神不安，无法入睡，浓霜沾满了衣裳，就这样一直到天明。我让车夫备马就车，将要踏上回到东方封邑的旅程。我揽住缰绳准备策马扬鞭时，一种怅然若失的心绪在胸中盘桓，久久不能释去。"

班彪

【作者简介】

班彪（3～54），字叔皮，扶风安陵（今陕西咸阳东北）人。班彪的家族世代为官，他小时候便喜好古学，而且很有求知欲，和自己的哥哥一起四处求学，逐渐显露出才华，名气渐长。西汉末期，班彪为了躲避战事而去了天水，投身于隗嚣的门下，写了《王命论》，想以此来劝导隗嚣归顺汉朝，但是最终失败了。之后他去往河西（今河西走廊一带），在大将军窦融手下做事，并借机劝说窦融站在光武帝一边。东汉初年，他考取了茂才，担任涂县县令，后来由于疾病而辞去了官职。班彪知识渊博，专门致力于撰写历史题材的书籍，写作了六十多篇《后传》，用前人的事迹来明辨得失，矫正错误，被后代的世人所看重。

北征赋

【原文】

余遭世之颠覆兮，罹填塞之阨灾。旧室灭以丘墟兮，曾不得乎少留。遂奋袂以北征兮，超绝迹而远游。

身处这风雨飘摇的年代啊，就如同被不通畅的道路所围困。原来的家园全部被摧毁了，变得一片荒芜，我没有办法再多留片刻，只能挥别家园，前往北方，在这个人迹罕至的地方游荡。

【原文】

朝发轫于长都兮，夕宿瓠谷之玄宫。历云门而反顾，望通天之崇崇。乘陵岗以登降，息郇邠之邑乡。慕公刘之遗德，及行苇之不伤。彼何生之优渥，我独罹此百殃？故时会之变化兮，非天命之靡常。

【译文】

清晨时分，自长都启程，夜晚落脚在瓠谷的玄宫。途中路过云门转头回看，望到了高耸的通天台。攀上了高山之后，便在郇邠的村落中休息。因为十分敬仰公刘所遗留下来的美好品德，所以就算是道路两旁的杂草，我也不会伤到一分一毫。为何乌云将天空都遮盖住了，为何我会遭受到如此多的磨难？难道是由于事态发生了改变么？又或者是由于世事无常？

【原文】

登赤须之长坂，入义渠之旧城。忿戎王之淫狡，秽宣后之失贞。嘉秦昭之讨贼，赫斯怒以北征。纷吾去此旧都兮，骓迟迟以历兹。

攀爬于赤须的长坡之上，进入了义渠旧日的城郭。心里对戎王的罪恶充满了仇恨，对宣后不守贞操的行为充满了鄙夷。赞赏秦昭王讨伐贼人，四处征战的行为。离别旧都之后，我的心情十分烦躁，便叫马车缓缓地向前行去。

【原文】

遂舒节以远逝兮，指安定以为期。涉长路之绵绵兮，远纤回以樛流。过泥阳而太息兮，悲祖庙之不修。释余马于彭阳兮，且弭节而自思。日晻晻其将暮兮，睹牛羊之下来。寤旷怨之伤情兮，哀诗人之叹时。

【译文】

慢慢地挥鞭远去，将旧都抛在了身后，一直走到安定才停下来。道路向前延伸没有尽头，艰难地行走在这陌生的远方。途经泥阳的时候如何能叫人停止哀叹呢，祖庙都破败了但是却无人修缮。我到达彭阳的时候把缰绳松开，停下马车默默地思考。天色已经将近傍晚，光线十分的昏暗，看到牛羊都已然返家。我似乎了解了那些尚未婚配的男女的伤感情绪，悲伤的诗人在这样的时候也只能是独自哀伤了。

【原文】

越安定以容与兮，遵长城之漫漫。剧蒙公之疲民兮，为强秦乎筑怨。舍高亥之切忧兮，事蛮狄之辽患。不耀德以绥远，顾厚固而缮藩。首身分而不寤兮，犹数功而辞愆。何夫子之妄说兮，孰云地脉而生残。

驻马黄昏

　　越过了安定之后，我缓慢地往前行去，顺着长城继续自己漫长的路途。那些抱怨蒙恬的疲惫的民众啊，为强秦修建长城而跟百姓结下了仇怨。秦朝的统治者放任赵高、胡亥的反叛不管，只顾着提防远方蛮族的祸患。不以德行安抚外族，而是把心思都在放了修筑坚固的工事上。身体与脑袋已经分离了，但是他们却丝毫没有醒悟，只是想着数算自己的功绩却不肯承认犯下的罪过。蒙恬又何必要乱说那些因为修建长城从而阻断了地脉之类的话呢。

【原文】

　　登鄣隧而遥望兮，聊须臾以婆娑。闵獯鬻之猾夏兮，吊尉邛于朝那。从圣文之克让兮，不劳师而币加。惠父兄于南越兮，黜帝号于尉佗。降几杖于藩国兮，折吴濞之逆邪。惟太宗之荡荡兮，岂曩秦之所图。

【译文】

　　站在彰城的烽火亭的顶端，暂且纵容自己在此处徘徊。为了被匈奴侵扰的土地伤心，缅怀在朝那被杀害的邛都尉。汉文帝贤明仁让，他并不主张兴兵打仗，而是用钱币对南越王等人进行赏赐。他给予南越王的父兄一定的恩赐，致使南越王不再以皇帝自居，而是俯首称臣来朝拜自己。同时汉文帝还将几杖赐予吴国，使吴王刘濞没有实施自己想要反叛的邪恶念头。汉文帝那宽广的王道德行，过去秦朝的统治者又怎么能想到呢。

陟高平而周览，望山谷之嵯峨。野萧条以莽荡，迥千里而无家。风淼发以漂遥兮，谷水灌以扬波。飞云雾之杳杳，涉积雪之皑皑。雁邕邕以群翔兮，鹍鸡鸣以哜哜。

【译文】

攀登到高平之上，往四周观望，环视山谷间高耸的山势。周围全都是荒野，十分空旷，方圆千里都没有一处人家。狂风在身边翻卷，河水掀起了波浪。艰难地在深幽的山间雾气和覆盖着山峦的茫茫大雪中行走，众鸟高声鸣叫着从天空中飞过。

【原文】

游子悲其故乡，心怆恨以伤怀。抚长剑而慨息，泣涟落而沾衣。揽余涕以于邑兮，哀生民之多故。夫何阴曀之不阳兮，嗟久失其平度。谅时运之所为兮，永伊郁其谁愬？

【译文】

独自在外的人悲伤地思念着他的故乡，心中充满了伤感的情绪。轻抚着佩剑连声哀叹，衣服都沾上了泪水。愁闷地流泪，为人民遭受的苦难而感到悲伤。天空为何总是如此的晦暗不明，而我也只能悲叹已经太久没有正常的律法了。这些都是现在的时局所造成的啊，心中的怨恨也无法对他人诉说。

乱曰：夫子固穷游艺文兮，乐以忘忧惟圣贤兮？达人从事有仪则兮，行止屈申与时息兮？君子履信无不居兮，虽之蛮貊何忧惧兮？

结语：孔子曾经说过，在贫穷中也不能失去气节，将自己置身于六艺和书籍之中吧。只有圣人才能够总是心怀希望，忘却忧愁啊。通达知命的人，做事情的时候，能够遵守礼仪准则，行为举止的进退都跟人事、自然的兴衰变化互相配合，消长自如，顺应时局和事态的发展与变化。君子信守承诺，以诚信待人，没有什么地方不能够安身立命。就算是身处蛮荒之地，又有什么值得惧怕的呢？

汉赋经典

【作者简介】

　　班昭（约45～约117），名姬，字惠班，扶风安陵（今陕西咸阳东北）人，是东汉时期的历史学家。她是史学家班彪的女儿，班固和班超的妹妹，博学多才。班昭嫁与同乡曹寿为妻，但是很早就守了寡。她的哥哥班固撰写《汉书》，但是还没完成时就去世了。班昭将这项事业继续了下去，写完了后面的内容，使《汉书》完整成书。皇帝多次将她召入宫中，命其为皇后、贵人等妃嫔讲学授业，并赐其名号为曹大家（gū）。班昭十分擅长作赋，写有《东征赋》、《女诫》，是中国历史上首位女史学家。

东征赋

【原文】

　　惟永初之有七兮，余随子乎东征。时孟春之吉日兮，撰良辰而将行。乃举趾而升舆兮，夕予宿乎偃师。遂去故而就新兮，志怆恨而怀悲！

汉安帝永初七年的时候，我跟着要去任职的儿子一同从京城搬到了东方的陈留。当时正是春季的第一个月，我们特意选在这样的良辰吉日启程。我们在清晨的时候，匆匆地登上了马车，傍晚的时候就抵达了偃师，并在那里度过了夜晚。离开了久居的京师，身处在一个毫不了解的全新的地方，心里十分悲伤。

【原文】

明发曙而不寐兮，心迟迟而有违。酌樽酒以弛念兮，喟抑情而自非。谅不登樔而椓蠡兮，得不陈力而相追。且从众而就列兮，听天命之所归。遵通衢之大道兮，求捷径欲从谁？乃遂往而徂逝兮，聊游目而遨魂！

【译文】

我的心被伤感的情绪所填满，一直都天色明亮起来也没能够安然地进入梦乡。我清楚这是因为自己心中有所迟疑故而觉得不顺心，但是却无法减少对于故乡的思念之情，紧握着手中的酒杯，无法理清自己纷乱的思绪，叹息没有办法使悲伤的情绪消散不见。无法过那种远古时代的生活，所以只能让儿子陈力进入仕途，而让自己跟随着他。现在也只能是遵循着大众的脚步进入官场，任由上天安排自身的命运了。还是沿着大路前行吧，要是想走捷径，又能跟随谁呢？就这样静静地从京城离开，到远方去巡游吧，在游览中愉悦自己的心神。

历七邑而观览兮，遭巩县之多艰。望河洛之交流兮，看成皋之旋门。既免脱于峻崄兮，历荥阳而过卷。食原武之息足，宿阳武之桑间。涉封丘而践路兮，慕京师而窃叹！小人性之怀土兮，自书传而有焉。

【译文】

途中经过了七个城邑，并且在去巩县的路上又遭遇了险情。远远地望着黄河跟洛水相汇，也看到了成皋县闻名于世的旋门，真是宏伟而又震撼。翻过了很多高山峻岭，穿过了声名远播的荥阳城。在原武县短暂地停留歇息，匆忙地吃了些东西，当夜幕降临的时候，我们就睡在了阳武县的桑树林中。我们马不停蹄地渡过了封丘河，一直向前行进，默默地在心里感叹自己日思夜想的家乡愈加遥远。小人更容易贪恋故土，不喜欢迁移啊，这一点在我自己写过的书传中就有所记载。

【原文】

遂进道而少前兮，得平丘之北边。入匡郭而追远兮，念夫子之厄勤。彼衰乱之无道兮，乃困畏乎圣人。怅容与而久驻兮，忘日夕而将昏。到长垣之境界，察农野之居民。睹蒲城之丘墟兮，生荆棘之榛榛。惕觉寤而顾问兮，想子路之威神。卫人嘉其勇义兮，讫于今而称云。蘧氏在城之东南兮，民亦尚其丘坟。唯令德为不朽兮，身既没而名存。

怅客与而久驻

顺着大路行走了不多长时间，就抵达了平丘县的北面。进入了匡郭之后，就不自觉地开始追忆古时的事情，当年孔子被围困的场景仿佛历历在目。那时世间是多么的衰败混乱啊，难怪会发生圣贤被囚禁的事情。我长久地伫立在此处，迟疑着无法前进，一直到天色黯淡下来。走到长桓县的边境时，顺便去探访了在郊区住着的农民们。亲眼看到了蒲城县破败的景象，到处都长满了杂草，被荆棘所湮没。我伤感地向周围的人们多次询问，心里想着当时子路的威名。卫国的人民全都赞扬他的勇气与仁义，宣扬他的事迹，直至今日，每每说起还是一片称赞之声。蒲城的东南方便是贤者蘧瑗的故乡，在他死后，当地的人民也还是对他的坟冢充满了敬意。只有美好的品德才能够永远地留存在尘世之间啊，哪怕身体已经被黄土所掩埋，但名声却依旧在世上传播。

【原文】

惟经典之所美兮，贵道德与仁贤。吴札称多君子兮，其言信而有征。后衰微而遭患兮，遂陵迟而不兴。知性命之在天，由力行而近仁。勉仰高而蹈景兮，尽忠恕而与人。好正直而不回兮，精诚通于明神。庶灵祇之鉴照兮，祐贞良而辅信。

【译文】

人们尊敬的是优秀的品德和贤能的行为，这些都是被经典的作品所一直称赞的。吴国的公子季札曾经讲过：

尽忠恕而与人

"卫多君子，未有患也。"他说的话既能够让人信任还十分的准确。之后卫国的衰败使得灾难接连不断地发生，从那之后，卫国就没能再次兴旺，一直败落下去了。我认为人们的命运都是由上天所掌握着的，然而想让自己贤明却需要亲自实践。尽力使自己仰望高尚的德行，对人忠义而宽容。尽量做到耿直待人，使神灵知晓自己的真心诚意。希望神明探查监督我的所作所为，保佑我这颗热诚仁慈之心。

【原文】

　　乱曰：君子之思，必成文兮。盍各言志，慕古人兮。先君行止，则有作兮。虽其不敏，敢不法兮。贵贱贫富，不可求兮。正身履道，以俟时兮。修短之运，愚智同兮。靖恭委命，唯吉凶兮。敬慎无怠，思嗛约兮。清静少欲，师公绰兮。

【译文】

　　结语：君子考虑的事情，肯定是值得称赞的礼法。所以为什么不各言其志，追随古人的脚步呢？我父亲每到一个地方，就会写出优秀的作品，我虽然没有那么聪慧的思想，但是可以仿效他的文笔。人们是富有还是贫穷是无法求得的，做人只能是履行正义，然后等待正确的时机。生命的长久和短暂都是上天安排的，头脑是聪慧还是愚笨也都是相同的。不管是福是祸，都要恭敬地听任命运的支配。要谨慎谦虚地行事，时刻记得反思自身。保持心灵的纯净，减少欲念，将孟公绰作为自己的榜样。

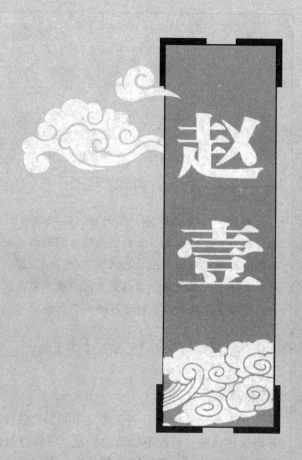

赵壹

【作者简介】

赵壹，生卒年不详，字元叔，汉阳西县（今甘肃天水南）人，东汉辞赋家。本名为赵懿，因避司马懿的名讳，而改名为赵壹。赵壹一生总共写作了赋、颂、箴、诔、书、论及杂文等十六篇文章，留存至今的只有五篇，他还曾用《刺世疾邪赋》来抒发自己对世事的不满之情。

刺世疾邪赋

【原文】

伊五帝之不同礼，三王亦又不同乐。数极自然变化，非是故相反驳。德政不能救世溷乱，赏罚岂足惩时清浊？春秋时祸败之始，战国逾增其荼毒。秦汉无以相逾越，乃更加其怨酷。宁计生民之命？为利己而自足。

【译文】

五帝时期的礼制各有不同，三王时代的礼制也并不统一。天命走到尽头的时候，必然要有所改变，是与非两者原本便是相互排斥的。实施仁政而无法将紊乱颠倒的时世拉回正轨，实行奖惩就能够惩戒时世的污浊了吗？春秋时期是战乱横生、国运衰败的开端，到了战国时代，民众所遭受的磨难愈加深重，直到秦汉时期也没有什么改变的，统治更加残暴。这些统治者又怎么会顾虑到人民的生死呢？对他们来说，只要有利于自身就可以了。

【原文】

于兹迄今，情伪万方。佞谄日炽，刚克消亡。舐痔结驷，正色徒行。妪媚名势，抚拍豪强。偃蹇反俗，立致咎殃。捷慑逐物，日富月昌。浑然同惑，孰温孰凉？邪夫显进，直士幽藏。

【译文】

从春秋战国时代直至今天，真实与虚假相互交错，有着千变万化的不同。逢迎巴结、巧言谄媚的风气日益兴盛，正派刚强的品质反而消失不见了。那些舐痔疮的人能够坐在由四匹马所拉的马车中，而耿直的人却只能步行着前进。很多人都对有权有钱的人阿谀奉承、卑躬屈膝，只要略有些傲气，能够反击这些世俗之风的人，立刻就会遭逢灾祸。那些利用一切机会和方法获得权势的人，全都居于高位。世人不辨是非，不知冷暖。邪佞的人都青云直上，但是正派的人却只能隐姓埋名。

【原文】

原斯瘼之攸兴，实执政之匪贤。女谒掩其视听兮，近

君王信谗图

习秉其威权。所好则钻皮出其毛羽，所恶则洗垢求其瘢痕。虽欲竭诚而尽忠，路绝崄而靡缘。九重既不可启，又群吠之狺狺。鸩危亡于旦夕，肆嗜欲于目前。奚异涉海之失舵，积薪而待然？荣纳由于闪榆，孰知辨其蚩妍？故法禁屈挠于势族，恩泽不逮于单门。宁饥寒于尧舜之荒岁兮，不饱暖于当今之丰年。乘理虽死而非亡，违义虽生而匪存。

这样的事情之所以会大行其道，究其根本是由于掌权者的昏庸。宫中的女官将君主的视听遮掩住了，国家的权柄被宦官宠臣掌握在手中。只要是讨这些人喜欢的人，他们就在君主面前竭力夸赞，但如果是其觉得厌恶的人，他们便会千方百计地挑毛病予以诋毁。正派的人想要对国家尽忠，但是却无法找到途经。宫殿的门扉无法开启，而且还有一群凶恶的狼狗到处狂吠。国家已经到了生死存亡的关头，但是那些人却只知道满足自己的贪欲，只贪图眼前一时的放纵。这与在那海上航行却没有舵盘的船只，或者那盘坐于柴垛之上等着火焰升起的人相比，又有什么区别呢？那些被委以重任的人全都是擅长溜须拍马的人，谁能够分辨出他们的善恶呢？所以，就连律法也被豪门贵族所阻挠，恩典赏赐无法赐给到真正贫困的人。哪怕是生活在无法吃饱穿暖、灾祸不断的尧舜时期也甘愿，而不想在这样的时代享受温饱不愁的生活。能够秉持正义，那么就算是死去了也还是活着；如果背叛了正道，那么就算是活着其实也已经死了。

有秦客者,乃为诗曰:河清不可俟,人命不可延。顺风激靡草,富贵者称贤。文籍虽满腹,不如一囊钱。伊优北堂上,抗脏倚门边。

【译文】

有一位生活在秦地的人,写了一首诗道:"无法再见到国泰民安的时代到来了,毕竟人只有很短的时间能够在这个世上生活,所以只能是趋炎附势了。只要掌握了权势,那么你就是贤明的。满腹的诗书又算得了什么,还不如一袋钱财有用。善于阿谀奉承的人就可以站在明堂之上,但是耿直不阿的人却只能依靠在门边。"

【原文】

鲁生闻此辞,系而作歌曰:势家多所宜,欬唾自成珠;被褐怀金玉,兰蕙化为刍。贤者虽独悟,所困在群愚。且各守尔分,勿复空驰驱。饭哉复哀哉,此是命矣夫!

【译文】

生活在鲁地的人听说了这首诗之后,便接着创作了一首歌曲道:"有权势的人不管做什么事都是正确的,哪怕是吐出的唾液也会被看成是珍宝。但是贫贱的人,哪怕是有着极高的才华,也会被当成是喂牲口的草料,而不是芬芳的鲜花。怀有才干的人就算能够看清时世,也只能是困在愚昧的人群中间。姑且独守自己的本分吧,不要再为这混乱的时世而奔走呼号了。"

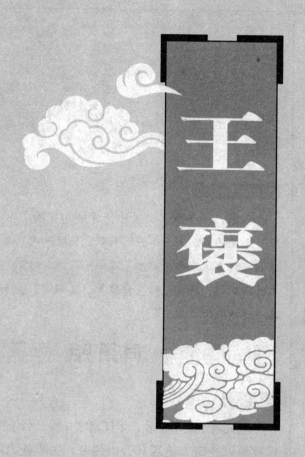

王褒

【作者简介】

　　王褒，字子渊，蜀资中（今四川资阳）人，西汉文学家。王褒的具体生卒年月已失载，只能知道其主要的文学作品都是写于汉宣帝（前73～前49年在位）时期。他是中国知名的辞赋家，著作包括《甘泉》、《洞箫》等十六篇，与杨雄一起被称为"渊云"。

洞箫赋

【原文】

　　原夫箫干之所生兮，于江南之丘墟。洞条畅而罕节兮，标敷纷以扶疏。徒观其旁山侧兮，则岖嵚岿崎，倚巇迤蠪，诚可悲乎其不安也。弥望傥莽，联延旷荡，又足乐乎其敞闲也。托身躯于后土兮，经万载而不迁。吸至精之滋熙兮，禀苍色之润坚。感阴阳之变化兮，附性命乎皇天。翔风萧萧而径其末兮，回江流川而溉其山。扬素波而挥连珠兮，声礚礚而澍渊。

溯本求源，用来做萧的竹子全都生长在江南的荒地上，竹身笔直通畅，竹节稀疏，竹叶茂盛无比，遍布四处。徒步行走时观察竹林，会发现竹子都依靠着山侧生长，那里地势十分崎岖险要，竹子就这样凄凉地依靠着陡坡，看起来很是悲凉而不稳定。但是眺望辽阔的原野，可以看到竹林一直延伸到看不到边际的远方，看起来似乎又很是悠然自得。竹子在此处生长，历经各朝各代的变迁也没有挪动。吸收着世间的精华而滋长，感受着自然界的浸润。在阴阳的交换之中，把自身交托给上天。风飞卷着从竹梢间刮过，江河川水弯曲着流过，缠绕着这座著名的山峰。浪花从江流中溅起，就犹如洒下的珍珠一般，水流汹涌着没入幽深的峡谷。

【原文】

朝露清泠而陨其侧兮，玉液浸润而承其根。孤雌寡鹤，娱优乎其下兮，春禽群嬉，翱翔乎其颠。秋蜩不食，抱朴而长吟兮，玄猿悲啸，搜索乎其间。处幽隐而奥庰兮，密漠泊以獗狳。惟详察其素体兮，宜清静而弗喧。幸得谧为洞箫兮，蒙圣主之渥恩。可谓惠而不费兮，因天性之自然。

【译文】

生长在山中的竹子，每天都会在天光初现时吸收甘露，而甘甜的清泉又滋润着它们的根部。失去伴侣的雌鹤闲适地漫步在竹林下，群鸟嬉闹着从竹林的顶端滑翔而过。秋蝉不再进食，抱住树木长久地啼鸣；黑色的猿猴在山间来来往往，发出的叫声就如同悲泣一般。竹子生长在幽深隐蔽的山间，连绵不断十分茂盛。仔细观察竹子的本性，原来它们是适宜安静而非喧闹的。有幸获得这样的竹子，用它们制成精美的乐器，取名叫作洞箫，这真的算是受到了圣王大舜的恩赐啊。这正是君主给人民以好处而自己也无所消耗，这种洞箫完全是依照竹子自然的天性而制成的。

［原文］

于是般匠施巧，夔妃准法。带以象牙，揥其会合。锼镂离洒，绛唇错杂；邻菌缭纠，罗鳞捷猎；胶致理比，挹抐撒㩻。于是乃使夫性昧之宕冥，生不睹天地之体势，暗于白黑之貌形；愦伊郁而酷㺬，愍眸子之丧精；寡所舒其思虑兮，专发愤乎音声。

［译文］

于是鲁班、匠石等有着绝妙技艺的人运用窍门制作出了乐器，舜时的乐师夔和春秋时期的乐师师襄则依据箫的特性制定了相关的法则。于是将象牙装点在吹奏孔会合的地方，并且雕刻出很多的花纹，还把箫管的吹口涂成红色，看起来十分鲜艳。箫管上有明显的竹纹环绕着，排箫就如同鱼鳞一般参差不齐地排列着；箫管排列得十分紧密，松紧也刚好适合，演奏的时候，只要按动、压捻孔洞，便会发出十分优美的声响。那些天生的盲人，无法看到天地间事物的形状，一生都处在昏暗之中；他们因此而愤怒、抑郁，感觉很是忧伤，不过他们既然无法看见这世间的东西，那么考虑的事情就少，这样便可以将心思专注在演奏之上，使得自己的技艺日益精湛。

【原文】

故吻吮值夫宫商兮，和纷离其匹溢。形旖旎以顺吹兮，瞋㖃啯纡郁。气旁迕以飞射兮，驰散涣以逫律。趣从容其勿述兮，骛合遝以诡谲。或浑沌而潺湲兮，猎若枚折；或漫衍而骆驿兮，沛焉竞溢。惏慄密率，掩以绝灭，嚅霵晔踕，跳然复出。

若乃徐听其曲度兮，廉察其赋歌。啾咇㗘而将吟兮，行锽铚以和啰。风鸿洞而不绝兮，优娆娆以婆娑。翩绵连以牢落兮，漂乍弃而为他。要复遮其蹊径兮，与讴谣乎相和。

【译文】

乐师们用嘴演奏出古代那些奇妙的乐音，这些美好的声音在四周飘散不绝于耳。吹箫的乐手们时而体态柔和婉约，时而鼓腮而奏，看起来就像在发怒一般。他们吹箫时气流错杂，气息急促；当声音扩散开来后，气息又会趋于平。箫声时而流畅和谐，时而急劲含混，纷繁奇异。时而浑厚仿佛缓行的流水，清脆如同断裂的枝条；时而又如河流漫溢接连不断，曲调纷繁交错。激烈之处会让人感到心惊胆寒，又会在猛然间声响全无；一会儿之后，声响又从寂静中一齐发出，就像是埋伏着的士兵们突然亮出刀剑，使人神魂震惊。

待一切平静下来之后，仔细地聆听乐曲的节奏，详细地辨认歌曲所唱的辞赋。众多的声音一同响起，就如同大声地哼唱，慢慢地所有的声音都混杂在一起，佚宕起伏，在空中飞扬旋飘荡，连绵不绝。正当乐曲恣意飞扬的时候，突然间声音又开始变得稀落，接着响起了新的美妙乐章。等到合适的时机，歌者又开始歌唱，天籁一般的歌声与箫声相互呼应，十分美妙。

【原文】

故听其巨音，则周流汜滥，并包吐含，若慈父之畜子也。其妙声，则清静厌瘱，顺叙卑达，若孝子之事父也。科条譬类，诚应义理，澎濞慷慨，一何壮士，优柔温润，又似君子。

故其武声，则若雷霆輘輷，佚豫以沸㥜。其仁声，则若飘风纷披，容与而施惠。或杂遝以聚敛兮，或拔摋以奋弃。悲怆悷以恻惐兮，时恬淡以绥肆。被淋洒其靡靡兮，时横溃以阳遂。哀悁悁之可怀兮，良醰醰而有味。

厚重响亮的音乐在周围流转，吞吐之间曲调各异似要包罗万象，就像是慈爱的父辈在劝导孩子。这美妙的音乐意境幽静深远，曲调温顺而恭谨，就如同孝顺的儿子在侍奉父亲。连绵不断之声，就像是法规一般符合道德仁义。激昂的乐曲就像是勇士的大吼，意气何其风发。平静之声听起来像是温文尔雅、礼让有度的君子。

雄厚的箫声就像是巨大的雷声轰响激荡，迅急不安。施与人教化，让人感觉和缓平静的箫声则像是吹面而来的南风，将恩典赐予人们。声音众多时而汇聚在一处，时而迅速地分散消失。时而使人感到悲痛万分，时而让人感觉无限安闲平静。有时候连绵不断细腻美妙，有时候刚烈强劲就像是波涛冲破堤岸，让人畅快无比。伤感的乐音使人忧伤，美妙的乐声又是那么的富有韵味。

故贪饕者听之而廉隅兮，狠戾者闻之而不怼。刚毅强虣反仁恩兮，啴咺逸豫戒其失。钟期、牙、旷怅然而愕兮，杞梁之妻不能为其气。师襄、严春不敢窜其巧兮，浸淫、叔子远其类。嚚、顽、朱、均憆复惠兮，桀、跖、鬻、博儋以顿悴。吹参差而入道德兮，故永御而可贵。时奏狡弄，则彷徨翱翔，或留而不行，或行而不留。怆恍澜漫，亡耦失畴，薄索合沓，罔象相求。

汉赋经典

一〇九

　　就算是贪心的人，听过了这样的音乐，也会变得廉洁而又富有节操；凶恶之徒也会感到自己愤怒的火焰变得平和了。残暴的人变得仁慈，乐于施予；无所顾忌的人开始反思自身的过错。就算是子期、伯牙和师旷，也会惊讶地瞪大了双眼呆站在原地惊叹这乐音之美妙；哪怕是将城墙哭塌的杞梁之妻，听到这箫声也会停止恸哭。就连知名的乐师师襄、严春也不敢再展现自己的技艺；人们都会像颜叔子一样，认为再美艳的女子也比不上洞箫的声音；就连愚昧迟钝的丹朱、商均听后都会变得聪慧；残暴的夏桀王、身为盗贼的柳下跖以及骁勇的夏育、申博听后都会改变自己原来的所作所为，不在凶悍好杀了。洞箫之音中蕴涵着仁义道德，因此才会显得更加珍贵。演奏急促的曲调，就如同鸟类拍打着翅膀，飞翔盘旋时停时歇。箫声时而幽静时而散漫，如同鸟儿已经忘却失去了同伴，独自翱翔。在近处聆听这样的箫声，却只感到虚无缥缈。

【原文】

　　故知音者乐而悲之，不知音者怪而伟之。故闻其悲声，则莫不怆然累欷，撇涕抆泪；其奏欢娱，则莫不惮漫衍凯，阿那腲腇者已。是以蟋蟀蚸蠖，蚑行喘息；蝼蚁螾蜓，蝇蝇翊翊。迁延徙迤，鱼瞰鸡睨，垂喙辒转，瞪瞢忘食，况感阴阳之和，而化风俗之伦哉！

汉赋经典

【译文】

　　所以精通声乐的人听到之后，可能会觉得愉悦，也可能会觉得伤心；不懂音律的人就会觉得惊愕无比，感到其深不可测。听见伤感的箫声，所有人都会唏嘘不已，默然落泪；而当欢快的乐曲响起的时候，又全都感到身心舒畅，痛快无比，心情舒缓。美妙的声音不光让人类无比感动，就连蟋蟀、尺蠖也都会忘记呼吸，缓慢地爬行；蝼蚁、壁虎也都会爬出地面仔细倾听，不停地蠕动退却。鱼和鸡听到乐曲也都会为之着迷，闭着嘴瞪着眼茫然地盘曲而行，甚至忘了进食。动物们都因为洞箫的声音而受到感染，更何况是继承了天地的德行，融会了阴阳之气，受到了道德伦理教化的人类呢。

【原文】

　　乱曰：状若捷武，超腾逾曳，迅漂巧兮。又似流波，泡溲泛㳀，趋巇道兮。哮呷吮唤，跻踬连绝，涠殄沌兮。揽搜浮捎，逍遥踊跃，若坏颓兮。优游流离，踌躇稽诣，亦足耽兮。颓唐遂往，长辞远逝，漂不还兮。赖蒙圣化，从容中道，乐不淫兮。条畅洞达，中节操兮。终诗卒曲，尚余音兮。吟气遗响，联绵漂撇，生微风兮。连延骆驿，变无穷兮。

【译文】

　　总之，洞箫之声让人觉得就像是勇士在奔跑跳跃，迅速而灵敏。它们时而像是潺潺的溪流，时而就像是奔腾的洪峰，幕天席地地翻卷而至，冲击着悬崖峭壁，时断时续，奔驰怒吼，使世间全都变得混沌不清。箫音激烈地轰响着，汹涌澎湃，就像是天地都崩裂倾覆了。但是平静之后，就如同溪流一般无拘无束地流动，让人觉得恋恋不舍。乐声坠落，就像是从高地奔流到平原后，又安静地缓缓流淌着，不再返回。神圣的帝王通过洞箫施行教化，乐声呵护着人伦道义，使人们陶醉于其中但又不至于过分。箫声通畅洞达，条理清晰，忠于节操。美好的乐曲演奏完之后，还会让人感到余音绕梁。乐曲的余音连续不断地飘荡在上空，与清风相应和，变化多端，连绵不绝。

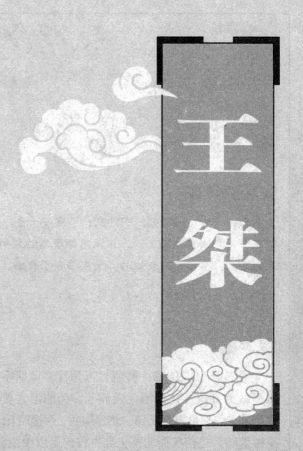

王桀

　　王粲（177～217），字仲宣，"建安七子"之一，山阳郡高平（今山东微山）人，东汉末期著名的文学家，具有极高的文采，早年为刘表效力，后来归顺了曹操。

登楼赋

【原文】

　　登兹楼以四望兮，聊暇日以销忧。览斯宇之所处兮，实显敞而寡仇。挟清漳之通浦兮，倚曲沮之长洲。背坟衍之广陆兮，临皋隰之沃流。北弥陶牧，西接昭丘。华实蔽野，黍稷盈畴。虽信美而非吾土兮，曾何足以少留？

【译文】

　　走上这座楼向周围远眺，暂时在这样悠闲的时日里排解愁苦。我看着这个楼台所在的位置，真是宽阔亮堂，很少有能与之相比的。毗邻着清透的漳水所延伸出的浦口，依靠着曲折的沮水所冲击出的长洲。背后靠着高阔宽广的平原，脚下是散布着淌有溪流的凹凸不平的土地，正是这溪流浇灌着广袤的田野。北面是陶朱公放牧的田野，西面与楚昭王的墓地相连。花草果实遍布田野，庄稼把田地都遮盖住了。但是就算这里再美好也不是我的故乡，我又如何能在这里停留呢？

【原文】

遭纷浊而迁逝兮，漫逾纪以迄今。情眷眷而怀归兮，孰忧思之可任？凭轩槛以遥望兮，向北风而开襟。平原远而极目兮，蔽荆山之高岑。路逶迤而修迥兮，川既漾而济深。悲旧乡之壅隔兮，涕横坠而弗禁。昔尼父之在陈兮，有归欤之叹音。钟仪幽而楚奏兮，庄舄显而越吟。人情同于怀土兮，岂穷达而异心？

【译文】

我由于赶上了纷繁混乱的时世而逃亡到此处，至今已经十二年了。心里充满了对故土的思念，盼望着可以回到家乡，这样满是哀愁的思绪，有谁能够承受得住啊？倚靠着楼台的围栏往远处看去，解开衣衫正对迎面吹来的北风。北边的原野是如此的辽远，我极目远眺，荆山高耸的山峰遮挡了我的视线。路途崎岖而又遥

登楼

汉赋经典

远，大河漫无边际而又深不见底。感伤与家乡之间隔着层层阻碍，泪水无法控制，不停地流淌。当初孔子身处陈国之时，曾经有过"归欤"的哀叹。钟仪被关押在晋国时，也一直弹奏楚国的音乐；庄舄地位显赫但还是有着越地的口音。人们想念故土的情感是一样的，怎么会因为贫穷或者富贵而有所区别呢？

【原文】

惟日月之逾迈兮，俟河清其未极。冀王道之一平兮，假高衢而骋力。惧匏瓜之徒悬兮，畏井渫之莫食。步栖迟以徙倚兮，白日忽其将匿。风萧瑟而并兴兮，天惨惨而无色。兽狂顾以求群兮，鸟相鸣而举翼，原野阒其无人兮，征夫行而未息。心凄怆以感发兮，意忉怛而憯恻。循墀除而下降兮，气交愤于胸臆。夜参半而不寐兮，怅盘桓以反侧。

【译文】

想着时间的流转，何时才能等来世间的和平啊。我热切地盼望着王道平定，可以让我在国泰民安的环境下发挥自身的才干。担忧会被弃置在一旁无人问津，不被重用，惧怕虽有清甜的井水但是没人来饮用。随意地四处走动，太阳很快便落下去了。凄凉的冷风骤起，天空也迅速地变得阴暗。兽类们赶紧寻找着同类，禽鸟全都啼叫着振翅飞翔；田野很安静没有游客，只剩征夫还在不停地赶路。我的心中一片悲凉，充满了伤感的情绪，内心被悲伤和哀痛所填满。于是顺着阶梯走到楼下，心情十分抑郁，无法平复。直到夜半时分还是不能入眠，辗转反侧无法进入梦乡。

游海赋

【原文】

含精纯之至道，将轻举而高厉。游余心以广观兮，且彷徉乎西裔。乘菌桂之方舟，浮大江而遥逝。翼惊风而长驱，集会稽而一睨。登阴隅以东望，览沧海之体势。吐星出日，天与水际。其深不测，其广无臬。寻之冥地，不见涯澳。章亥所不极，卢敖所不届。怀珍藏宝，神隐怪匿。或无气能行，或含血而不食，或有叶而无根，或能飞而无翼。鸟则爱居孔鹄，翡翠鹔鹴，缤纷往来，沉浮翱翔。鱼则横尾曲头，方目偃额，大者若山陵，小者重钧石。乃有赟蛟大贝，明月夜光，蠇蠙璀瑁，金质黑章。若夫长洲别岛，旗布星峙，高或万寻，近或千里。桂林蓁乎其上，珊瑚周乎其趾。群犀代角，巨象解齿，黄金碧玉，名不可纪。洪洪洋洋，诚不可度也。处嵎夷之正位兮，同色号于穹苍。苞纳污之弘量，正宗庙之纪纲。总众流而臣下，为百谷之君王。洪涛奋荡，大浪踊跃。山隆谷窳，宛亶相搏。

【译文】

我满怀精诚而又纯粹的理想，轻轻地飞向高空。我放开心情浏览广阔的美景，徜徉在辽阔大海的西面。我乘坐着由菌桂香木造的船，在大江上漂向远方。船在大风吹拂下就像长了翅膀一般长驱直行，我停下船去参观一下会稽山。我登上山的北坡向东远望，一览沧海的壮阔气势。星星和太阳交替出现，天空和大海连成一线。大海深不可测，广阔无边。想探寻海的尽头，却总也找不到。那里应该是章亥未曾去过、卢敖也没有到过的地方。大海里蕴藏着无数的珍宝奇物，但也隐藏着各种怪异奇特的生物。有些气息全无却能行走，有些体内有血却不吃东西，有些长有叶子却不长根，有些没有翅膀却能飞。海中的鸟类有爰居、大天鹅、翡翠、鹈鹕等，它们数目繁多，有些在海面上浮游，有些在空中飞翔。海中的鱼类，有些尾巴很大且是横着的，有些长着方形的眼睛、弯曲的脑袋或低矮的前额。大的鱼庞大如山，小的鱼也重达三十斤至一百斤。有些种类的鱼，如三足龟、鲨鱼和大贝，明月珠、夜光珠，大龟、鼋和璠瑁，全身都是金色，还有黑色的花纹。还有很多长长的沙洲和岛屿，散布在海中如同一面面旗帜，又好比一颗颗星星，远的可相隔上万里，近的也有千里。岛上桂树丛生，岛底珊瑚环绕，还有许多犀牛角、大象牙、黄金、碧玉，名目太多以至无法记录完整。大海广阔深远，的确不可丈量。它正对嵎夷，和苍穹一色故名沧海。它度量大得足以包污纳垢，还象征着国家的法纪纲要。它汇集河流，将江河视为臣子，作百谷的君王也理所应当。巨浪激荡，大浪汹涌，耸立如高山，落下如低谷，漩涡低沉，浪花搏击。

七释

【原文】

　　潜虚丈人，违时遁俗。恬淡清玄，浑沌淳朴。薄礼愚学，无为无欲。均同死生，混齐荣辱。不拔毛以利物，不拯溺以濡足。濯身乎沧浪，振衣乎嵩岳。于是文籍大夫闻而叹曰："于乎！圣人居上，国无室士。人之不训，在列之耻。我其释诸，弗革乃已。"遂造丈人而谒之，曰："盖闻君子不以志易道，不以身后时。进德修业，与俗同期。一物有蔽，大人耻之。今子深藏其身，高栖其志。外无所营，内无所事。有目而不视，有心而不思。颙若穷川之鱼，梢若槁木之枝。鄙夫惑焉，

水波激荡

请为子言大伦，叙时务。宣导情性，启授达趣。虽谬雅旨，殆其有助，抑可陈乎？"丈人曰："可哉。"

【译文】

　　有位潜虚丈人，远离世俗；恬淡清闲，浑厚淳朴；轻视礼法和学术，无所为也无所求；用同一种态度对待生与死，用同一种标准丈量荣与辱；不愿为了天下而让出自己的半份利益，也不愿为了救溺水者而沾湿自己的双脚；在清澈的河水中沐浴，在耸立的高山上抖动衣服。文籍大夫听了他的事情后，感叹说："啊！明君在位，有才之人不应隐居世外。如果有人不能接受训导，将是朝中各位官员的耻辱。我要去向他解释出世的道理，若实在说不通

他，再作罢。"于是文籍大夫前往潜虚丈人处拜访，对他说："我听说真正的君子不会用个人的志向代替天下的大道，也不会让自身的言行落后于现实的需要。修养德行、建立功业，是一辈子都不能停下来的事情。有修养的人，只要有一处优点没有得以发挥也会感到耻辱。如今你隐藏自身，把对鸿业的追求之心高高挂起。对世人无所作为，在家中也无所事事。有眼睛却不去观察民情，有心志却不去思考天下大道。只是睁眼仰望，好比躺在干涸河道中等死的鱼；身体消瘦，好比枯竭病树上的枯枝。我对这种眼光浅陋的人感到很困惑，请让我向您陈述天下的伦常道理，叙述世间的事务。疏通您的性情，向您启发和传授通达的志趣。虽然会和您高雅的爱好有所不同，但希望能对您有所帮助。现在是否可以向您陈述？"潜虚丈人说："可以。"

【原文】

大夫曰："道在养志，志在实气。将定其气，莫先五味。冻缥玄酎，醴白齐清。肴以多品，羞以珍名。鲋鳙鲐鮧，桂蠹石鳜。鳖寒鲍热，异和殊馨。紫梨黄甘，夏柰冬橘。枇杷都柘，龙眼荼实。河隈之鲻，泗滨卢鳢。名工砥锷，因皮却切。纤而不茹，纷若红绛。乃有西旅游粱，御宿青粲。瓜州红薇，参糅相半。柔滑膏润，入口流散。鼋羹蟺臛，晨凫宿鹦。五黄捣珍，肠腼肺烂。旄象叶解，胎豹脔断。霜熊之掌，茸麋之腱。齐以甘酸，随时代献。芬芳滋液，方丈兼案。此五味之极也，子其飨诸？"丈人曰："否。膏粱虽旨，厚味腊毒。子之所甘，于我为戚。"

　　文籍大夫说："身心修养的根本在于心志的修养，心志修养的根本在于蓄养元气。要想安定元气，最重要的莫过于五味。冷冻的缥酒和黑色的醇酒，乳白的甜酒和清纯的齐酒。菜品佳肴名目繁多，珍贵的食物都有美好的名称。有鲻鱼、鲭鱼、鲐鱼和鲵鱼，还有世间罕有的桂蠹石鳣。鳖性寒、鲍性热，将不同食性的食物合在一起，会产生特别的香味且香气传得很远。紫色的梨子和黄色的柑橘，夏天的沙果和冬天的橘子，还有枇杷、甘蔗、龙眼和茶实。黄河曲隈盛产鮇鱼，泗水沿岸盛产卢鳜。名厨刀块，贴着鱼皮从鱼尾开始细细地切，鱼肉就会纤细却不连接，满满地堆起来就好像交错的红霞。西方的游客带来上好的粮食，御宿出产的青色精米，再加上瓜州出产的红糯，用这些食物煮成的米饭柔滑滋润，入口即化。取来鼋羹和蝝蠰膗、晨飞的野鸭和宿居的鹦鸟的肉，用五黄做辅料，将肉捣成泥，将肠和肺也煮的很烂。旄牛和大象的肉被一片片分解，豹胎被一点点切断。还有冬眠的熊的熊掌，群居獐子的筋腱。酸甜佐料都要备齐，还要随季节不同随时更换或进献。气味芬芳的佳肴美酒，用一丈面积的方桌都无法全部摆下。这是最好的五味饮食，您是否要品尝一下？"潜虚丈人说："不！美食虽味道醇美，但味道越好，毒性就越大。您说的这些美食，在我看来都是让人忧虑害怕的东西。"

大夫曰："名都之会，士势敞丽。乃营显宇，极兹弘侈。重殿崛起，叠构复施。来楄错峙，飞抑四刺。结栋舒宇，翼若鸟企。云枌虹带，华桷镂楹。绮寮颓干，芙蓉披英。文轩雕楯，承以拘榱。云幄垂羽，山根紫茎。高门洞开，闱闳四通。阴阳殊制，温凉异容。班输之徒，致巧展功。土画缋绣，木刻虬龙。幽房广室，密牖疏窗。闾术相关，闾巷错重。窃窕迁化，莫识所从。尔乃层台特起，隆崇嵯峨。戴颠反宇，参差相加。属延阁以承榑，表曲观于四阿。径园囿而外折，临寒泉之激波。清沼澹淡，列植菱荷。芳卉奇草，垂叶布柯。竹木丛生，珍果骈罗。青葱幽蔼，含实吐华。孕鳞群跃，众鸟喧讹。熙春风而广望，恣心目之所嘉。此宫室之美也，子其宅诸？"丈人曰："否。水土交胜，是谓殃神。子之所安，我则未闻。"

文籍大夫说："那些有名的都会，地势宽阔，环境华美。于是人们便在那里建起高大的房屋，还要极力显示房屋的奢侈华贵。宫殿层层崛起，结构重重叠叠、纵横逶迤。曲木和拱木相互支撑，飞檐向四周伸展。互相连接的梁木、舒展宽阔的屋宇、高高的飞檐好像展翅欲飞的鸟儿。高耸入云的重梁如同彩虹，还有华丽的方椽和镂空的前柱。绮罗做的纱窗配着红色的窗框，纱窗上画有芙蓉的图案。彩绘的木板和雕刻的栏杆，中间嵌有雕花的曲木。云状的帷帐如同鸟垂下的翅膀，墙脚生长着紫色茎秆的名

宫殿重重

贵花种。高大的宫门对外敞开，侧门和角门都四面通达。向阳处和背阴处的设计各有不同，温暖处和凉爽处的样式各异。拥有鲁班一样高超技艺的工匠们，展示各自的巧功和技能，在土墙四周刻上斧头的图案，在木器上雕刻上虬龙的形状。房间深幽居室宽广，窗户密致窗檐明亮。闾门和邑路相通，宫里的门和外面的小巷相连。道路深远蜿蜒曲折变换，人们无法识别这里的路径。紧邻着宫殿有突起的高层楼台，雄伟高耸巍峨崇峻。高大的甋形房盖和下面仰起的瓦头连接，二者错落参差。延阁之间由屋檐相互连接，其外面还有蜿蜒的长廊通往四面正堂的方向。走过花园、路过林圃时，有喷涌的寒泉映入眼帘。清冽的泉水激起碧波飞溅，泉下的池塘里种满菱角和荷花。芬芳的花卉和奇异的草木，低垂的绿叶和蔓延的枝叶。竹子和草木丛生，珍奇的果树整齐地排列。树木都枝繁叶茂、葱葱郁郁，树上开满五颜六色的花、果实若隐若现。怀子的鱼群嬉戏游玩，众多飞鸟鸣叫歌唱。在春风的吹拂下四处远望，所见的美景让人忘情。这样美丽的宫殿，您是否想到其中居住呢？"潜虚丈人说："不！水土环境的美丽，都是所谓有害的精神。您说的安逸生活，我从未听说过。"

大夫曰："邯郸才女，三齐巧士。名倡秘舞，承闲并理。《七盘》陈于广庭，畴人俨其齐俟。坐二八于后行，盛容饰而递起。揄皓袖以振策，竦并足而轩峙。邪睨鼓下，抗音赴节。清歌流响，依违绕结。安翘足以徐击，驳顿身而倾折。扬蛾眉而顾指，仪闲暇以超绝。飙骇机发，杂沓遝促。投身放迹，邀声受曲。便娟婉娈，纷纶连属。忽捐桴而挥袂，聊徘徊以容与。坐列杂其俱兴，遂骈进而连武。转腾浮躁，逐激和树。足不空顿，手不徒举。仆似崩崖，起若飞羽。翩飘徽霍，乱精荡神。《巴渝》代起，鞞铎响振。羽旄奋麾，弈弈纷纷。于是白日西移，转即闲堂。号钟纡瑟，列乎洞房。管箫繁会，杂以笙簧。夔、牙之师，呈能极方。奏《白雪》之高均，弄幽征与反商。声流畅以清哇，对忼慨而激扬。虞公含咏，陈惠清微。新声变词，惨凄增悲。听者动容，梁尘为飞。此音乐之至也，子其听诸？"丈人曰："否。淫声惱心，心放生害。我之所畏，惟此为大。"

文籍大夫说："邯郸的才女子，三齐的巧士，都是有名的倡优，他们身怀舞蹈绝技，闲暇时会一同表演。表演《七盘》的舞者立于宽广的庭院中，鼓师们都神情严肃，整齐排列等待开始。鼓师身后坐有十六个人，穿着盛装依次起舞。洁白的舞袖挥舞起来就如同挥动长鞭，他们踮起双脚伸长脖子、挺胸昂首。舞者用余光看鼓师演奏，配合着音乐的节拍。清纯委婉的歌声响亮流畅，抑扬顿挫绕梁不止。舞者平稳地翘起足尖，缓缓地踩出节拍，又急速转身弯腰及地。扬起美丽的眉毛，用目光相互照应，仪态悠然舞技超群。一会儿如同突起大风、发射弓弩，脚步急速纷繁的踢踏。转动身体变换舞姿时，舞者都能适应鼓声的音律和曲调

翩翩起舞

的节奏。身姿柔软轻盈，舞姿变换多端。忽然鼓声停止，舞者衣袖挥动，暂且徘徊漫步仪态从容。座位上的人们也都翩翩起舞，成双成对、舞步多变。他们身体转动、脚步轻踏，动作激烈且与鼓点符合。双脚不停地凭空顿挫，双手不停地在空中挥动。身体一会儿前扑好像山崩，一会儿向上跃起好像鸟儿展翅。翩翩舞姿美好万分，让人心神荡漾意乱情迷。《巴渝》这种舞蹈相继跳起，鼙鼓金铎声响大作。装饰有羽毛的旌旗奋力地舞动，盛大的场面缤纷华丽。刹那间太阳西移，人们转而进入空广的厅堂。号钟名琴和高音组琴，摆在幽深的室内。管声和箫声合奏，还杂有笙和簧。拥有夔和伯牙一样技艺的琴师，尽力表现各自的巧功，演奏出高雅和谐的《白雪》，又奏出音调富于变化的幽征和反商。声音时而流畅清新，时而高亢激扬。虞

公的歌声深沉，陈惠的歌声细腻。新作的曲子和改写的词句，听起来让人感到凄然悲伤。听者都为之动容，连梁上的尘土都被震得到处飞扬。这是最好的音乐，您是否想听一听？"潜虚丈人说："不！萎靡的音乐会让扰乱人的心智，心智乱了就会滋生祸害。我所害怕的事情中，以这一点最甚。"

【原文】

大夫曰："农功既登，玄阴戒寒。鸟兽鸠萃，川滨涸干。乃致众庶，大猎中原。植旝树表，班校行曲。结网连罝，弥山跨谷。轻车布于平陆，选骑陈于林足。散蒸徒以成围，漫云兴而相属。鼓鸣旗动，雷发飙逝。流锋四射，毕竿横厉。奋干戈而捎击，放鹰犬以搏噬。羽毛群骇，丧魂失势。飞遇矰矢，走逢遮罽。中创被痛，金夷木毙。俯仰翕响，所获无艺。于是刚禽狡兽，惊斥跋扈。突围负阻，莫能婴御。乃使晋冯、鲁卞，注其觖怒。徒搏熊豹，袒暴虣武。顿犀捔象，破胆裂股。当足遇手，摧为四五。若夫轻材高足，光飞电去。蹑奔逸之散迹，荷良弓而长驱。凌原隰以升降，捷蹊径而邀遇。弦不虚控，矢不徒注。僵禽连积，陨鸟若雨。纷纷藉藉，蔽野被原。含血之虫，莫不毕殚。罢围陈飨，旋旆回辕。从容四郊，栖迟囿园。娱游往来，唯意所安。此游猎之娱也，子其从诸？"丈人曰："否。是与道忌，实曰心狂。闻子屡诲，弥失所望。"

【译文】

文籍大夫说："农作物已经收获，冬天来临了，需要御寒。各类飞禽走兽都聚集到一起，山川河流都干涸枯竭。于是招来众人，到平原去举行大型围猎。竖起旌旗，设立标志，按照部队的校、行、曲来部署各种事务。捕获禽兽的网，布满山林横跨河谷。轻便的军车布满陆地，精心挑选的骑士整齐排列在树林边。散步的猎手形成包围圈，像弥漫的云朵却又互相连接。鼓声齐鸣、旌旗舞动，声如雷鸣、势如飓风。利箭四处发射，毕罕八面横击。奋力挥舞着干戈殳矛击杀掠获，放出猎鹰和猎犬去搏击和撕咬猎物。鸟兽都受到惊吓，失魂落魄没有了常态。鸟类飞起则遇到利箭，兽类奔跑则受到阻拦。有些因身受重伤而痛吼，有些因被金器木杖击中而亡。就在一低头一抬头的时间里，捕获的猎物已经多得无法计算。有些刚猛的飞禽和凶猛的走兽，虽受惊却仍很暴戾。虽在突围时受到阻拦，却也没人能将其制服。于是命令那些如同晋国冯妇和鲁国卞庄子的勇士们，极力发挥他们的勇猛。徒手与熊豹搏击，赤身和虎搏斗。抓住犀牛拖住大象，扭断它们的脖子，撕裂它们的双腿。这样那些野兽的手足，都被扭折得四分五裂。那些身姿矫捷的骑士骑着高高的战马，如电光般飞奔。搜寻逃散野兽的踪迹，背着良弓来回驰骋。跨过平原和洼地，一会儿爬到山上，一会儿沉到低谷，走近路去搜寻。弓无空放，箭无虚射。僵死的兽类堆成一片，被射中的鸟儿如雨点般陨落。纷杂错乱，尸横遍野。凡是有血液的动物，都被猎杀尽了。于是停止围猎，开始论功行赏，旌旗转换方向，车子驶上归程。从容地在四方的郊野漫步，悠闲地在花园林圃里休憩。娱乐游玩，有来有往，都随自己的心意。这是最让人痛快的打猎，您是否也想参加呢？"潜虚丈人说："不！这种行为是天下大道的禁忌，实际上是内心癫狂的表现。我听了您的这几次教诲，都很失望。"

　　大夫曰："丽材美色，希出特生。都冶闲靡，窈窕娥姹。丰肤曼肌，弱骨纤形。鬒发玄鬓，修项秀颈。红颜熙曜，晔若苕荣。西施之畴，莫之与呈。盛容象而致饰，昭令质之艳姿。戴明月之羽雀，杂华锿之葳蕤。珥照夜之双珰，焕焜熿以垂晖。袭藻绣之绲彩，振纤縠之袿徽。纷绸缪而杂错，忽猗靡以依微。于是释服堕容，微施之黛。承闲嬿御，携手同戴。和心善性，柔颜婥态。便妍姆媚，不可忍耐。一顾连精，倾城莫悔。此美色之选也，子其悦诸？"于是丈人心疾意忘，气怒外凌。艴然作色，谧尔弗应。

　　文籍大夫说："女子身材姿色姣好，生的特异，是稀世珍馐。娇艳美丽，温柔妩媚，身姿窈窕，体态轻盈。肌肤细腻光滑，身形纤瘦柔软。头发乌黑浓密，脖子修长白净。双颊泛红，圆润光滑，如同灿烂开放的凌霄花。即便是西施这样的美女，也不敢与之同时出现。容颜华贵，再加上精心的修饰，尽显艳丽美好的光彩。头戴孔雀羽毛样式的珠簪，还配有其他精美的装饰。双耳戴着夜明珠，下面还垂着一对亮闪闪的耳坠。身穿多种颜色的锦衣，外面披着有花纹的轻柔外衣和披巾。层层叠叠，五色相应，飘然柔软，相衬相映。脱去外衣，卸下妆容，轻施粉黛。

换上轻便的衣服陪伴君子，牵手同车，甚是亲密。心性温和、品行善良，容颜美好、身姿绰约。妩媚俏丽，撩人心弦。初见美人就会精神相通，为之失国失城也无怨无悔。这是最美的女色，您是否也喜欢呢？"潜虚丈人内心汹涌、意念无法自控，情绪波动无法安宁。面色痴迷涨红，悄不作声。

【原文】

大夫曰："观海然后知江河之浅，登岳然后见丘陵之狭。君子志乎其大，小人玩乎所狃。昔在神圣，继天垂业。指象画卦，陈畴叙法。经纬庶典，作谟来叶。天人之事，靡不备浃。乃有应期睿达之师，开方敏学之友。朋徒自远，童冠八九。观礼杞宋，讲诲曲阜。浴乎沂、洙之上，风乎舞雩之右。凄迟诵咏，同车携手。论戴籍，叙彝伦。度八索，考三坟。升堂入室，温故知新。上不为悠悠苟进，下不与鸟兽同群。近不逼俗，远不违亲。从容中和，与时屈申。焕然顺叙，粲乎有文。子曾此之弗欲，而犹遂彼所遵，不以过乎？"于是丈人变容，降色而应曰："夫言有殊而感心，行有乖而悟事。大夫斯诲，实诱我志。道若存亡，请获容思。"

【译文】

文籍大夫说："看到大海，才会知道江河的浅薄，登上高山，才会发现丘陵的狭隘。君子追求的是大道，小人才会沉迷在琐碎的小事。昔日的圣人，继承天道，创立了名垂千古的功业。从物象中提取精粹汇成八卦，将寻访的所见所得记录下来形成了国家的法度。将众多的典章进行规划整理，设计出未来的宏图。天道和人间的各种事物，都记录完全，无一遗漏。于是会出现顺应时势的睿智之师，开明正直的好学之友。朋友都从远方赶来，还有八九位年轻人和学童。一起去杞国和宋国考察以前的礼仪，到曲阜讲授儒学经典。在沂水和泗水中沐浴，在祈雨的祭坛上乘凉。休憩时朗诵诗文，携手一同乘车。讨论历朝历代的典籍，记录各地的人文风俗。深思《八索》的要义，考察《三坟》的精髓。升堂入室，温故知新。在高位做官不做谋取个人利益的苟且之事，在下面为民不和禽兽般的恶人同流合污。住在近邻的乡里不会染上恶习，住在偏远的山林也不会遗忘亲情。从容中和，与时俱进，能屈能伸。神采奕奕又和顺温润，正当光明又极具文采。您对此没有兴趣，却固执地遵循您以前的做法，岂不是很过分吗？"于是潜虚丈人改变了态度，面露愧色，回应说："凡是与众不同的言论就会让人感动，奇异的行为就会让人深思。您的这些教诲确实启发了我的心志。但对于道，我还感觉若有若无，请让我再考虑一下。"

　　大夫曰："大人在位，时迈其德。先天弗违，稽若古则。睿哲文明，允恭玄塞。旁施业业，勤厘万机。阐幽扬陋，博采畴咨。登俊乂于垄亩，举贤才于仄微。置彼周行，列于邦畿。九德咸事，百寮师师。乃建雍宫，立明堂；考宪度，修旧章。缀故训之纪，综六艺之纲。下理九土，上步三光。制礼作乐，班叙等分。明恤庶狱，详刑淑问。百揆无废，五品克顺。形中情于俎豆，宣德教于四邦。布休风以偃物，驰纯化而玄通。于是四海之内，咸变时雍。仁泽洽于心，义气荡其匈。父慈子孝，长惠幼恭。推畔让路，重信贵公。五辟偃措，囹圄阒空。普天率土，比屋可封。声暨海外，和充天宇。越裳重译而来献，肃慎纳贡于王府。日月重光，五征时叙。嘉生繁殖，祥瑞蔽野。是以栖林隐谷之夫，逸迹放言之士，鉴乎有道，贫贱是耻。踊跃泉田之间，莫不载贽而兴起。"于是丈人跋然动颜，乃叹而称曰："美哉言乎！吾闻辞不必繁，以义为贵。道苟不同，听言则醉。子之前论，多违德类。盘游耽色，美室侈味。薰心悒耳，俾我戚悴。既获改悔，逾以学林。师友玄穆，我固有心。况乃圣人之至化，大道之上功。嘉言闻耳，廓若发蒙。老夫虽蔽，庶能斯通。敬抱衣冠，以及后踪。"

文籍大夫说："有德行的人身居高位，也时时不忘修行品德。先于天时做事却不违背天时，遵循昔日圣人的遗训。聪慧文明，恭敬实在。做事恭恭敬敬，处事勤勉、日理万机。将深奥的道理变得浅显易懂、将浅陋的道理变得圆通，博采众议、不耻下问。在民众中选取俊杰，在社会底层挖掘人才。将俊杰和人才安置在重要的职位上，京畿为他们提供发挥才智的舞台。九种美德都得到弘扬，百官之间互相效法。于是建起雍宫，开设明堂；考核法度，修改旧章。联系先王的遗训，综合六艺的纲要。在下治理九州的土地，在上紧跟日月星光。制定礼仪乐章，区分高低等级。各种案件都要明白地分析，详细地量刑，认真地审讯。政务无论大小都要有专人负责，五伦和顺。在祭祀的时候抒发情感，向四方百姓宣扬德教。传播好风气安抚万物，推行醇厚的教化深入人心。于是四海之内，所有人都变得善良温和。仁德藏于心，义气存于胸。父母慈爱，子女孝德，老者忠厚，幼者恭谨。耕地的互让田界，走路的相互谦让，重视诚信和公平。五刑闲置，监狱空空。全天下的土地，家家都可受封受赏。声名传播到海外，仁德上达于天庭。越裳辗转来京进献宝物，肃慎向王府进献贡品。日月交替放光，气候更替适宜。谷物繁茂地生长，祥瑞散布原野。于是深居幽谷的隐士，口无遮拦的狂士，鉴于圣人说的'邦有道，贫且贱焉，耻也'，全都离开山林田野，无不带着礼品奋然而起。"于是潜虚丈人面色沉重，感慨称赞说："多么美好的言论啊！我听闻，言论不必很多，能表现正义就会很珍贵。道理若与众不同，就会让听的人沉醉其中。您之前的言论，大都违反了圣人的遗训。沉迷于游乐和女色，宫室奢华、美食浓郁。这些都会腐化污染心灵和耳目，听了让我感到很悲伤。但听了您另一番言论，劝我亲近学术之林。对良师益友，我本来就有仰慕之情。何况是圣人最高的教诲，实在是遵行大道的千古功业。美好的言论振聋发聩，让我豁然开朗。老夫虽然闭塞愚钝，但也能明白其中的道理。敬请等我收拾衣帽，跟随在您的身后。"

祢衡

【作者简介】

祢衡（173～198），字正平，平原般县（今山东临邑）人，东汉文学家，名望甚高。祢衡跟孔融等人的关系很好，后来因在言语上激怒了曹操，被送往荆州刘表的辖地，之后再次因为出言无状，被刘表遣至江夏太守黄祖处，后来被黄祖杀害，时年二十六岁。

鹦鹉赋

【原文】

时黄祖太子射，宾客大会。有献鹦鹉者，举酒于衡前曰："祢处士，今日无用娱宾，窃以此鸟自远而至，明慧聪善，羽族之可贵，愿先生为之赋，使四座咸共荣观，不亦可乎？"衡因为赋，笔不停缀，文不加点。其辞曰：

【译文】

黄祖的长子黄射宴请宾客的时候，有一个人进献了一只鹦鹉，并且敬酒给祢衡说道："祢处士，今天的宴会没

宾客饮酒作赋图

有大多让宾客们感兴趣的项目，我觉得这只禽鸟从远方前来，十分聪颖，是一种很宝贵的鸟类，希望先生可以以它为主题作赋一篇，让在座的各位能够有幸欣赏您的文采，不知您觉得如何呢？"于是，祢衡开始作赋，顿时笔下毫不停顿，文不加点。文章说：

【原文】

惟西域之灵鸟兮，挺自然之奇姿。体金精之妙质兮，合火德之明辉。性辩慧而能言兮，才聪明以识机。故其嬉游高峻，栖跱幽深。飞不妄集，翔必择林。绀趾丹觜，绿衣翠衿。采采丽容，咬咬好音。虽同族于羽毛，固殊智而异心。配鸾皇而等美，焉比德于众禽？

【译文】

这只从西域而来的灵鸟啊，它的体态奇妙而自然。雪白的羽翼体现出它高雅的性情，火红的嘴巴闪烁着亮丽的光彩。它机智聪慧，能够讲出人语；聪颖伶俐，可以洞悉未来。所以它们在崇山峻岭中嬉戏，在幽深的山林间停驻站立。它们从不聚集在一起飞翔，在空中飞行时必定要挑选出众的山林。红中带黑的脚趾搭配着火红的嘴巴，羽毛呈现出青翠的颜色。身上色彩艳丽，鸣叫起来声音很是动听。虽然它归属于鸟类，但是具有不一样的聪明才智和性情。它能够跟凤凰相媲美，其他的鸟又如何可以在品行上与之相比呢？

【原文】

　　于是羡芳声之远畅，伟灵表之可嘉。命虞人于陇坻，诏伯益于流沙。跨昆仑而播弋，冠云霓而张罗。虽纲维之备设，终一目之所加。且其容止闲暇，守植安停。逼之不惧，抚之不惊。宁顺从以远害，不违迕以丧生。故献全者受赏，而伤肌者被刑。

【译文】

　　所以它那叫人艳羡的名气散布到远方，轻盈的体态被众人所称赞嘉奖。虞人在陇山得到指令，伯益在西北的沙漠接到旨意。那些权贵的手下翻越昆仑山，射出捕射鸟类的箭镞，穿过云层在空中铺设捕鸟的大网，他们的装备是那样的齐全，最后终于用一块很小的网子捉住了鹦鹉。就算是这样，鹦鹉还是面色镇定，神态优雅，性情坚定而祥和。威逼它，它也不感到害怕；触碰它，它也不觉得慌乱。宁可表现驯顺以避免伤害，也不会进行违抗而使自己失去生命。所以如果进献完好的鹦鹉便会受到奖励，但要是让鹦鹉有所损害便会遭到惩处。

【原文】

　　尔乃归穷委命，离群丧侣。闭以雕笼，翦其翅羽。流飘万里，崎岖重阻。逾岷越障，载罹寒暑。女辞家而适人，臣出身而事主。彼贤哲之逢患，犹栖迟以羁旅。矧禽鸟之微物，能驯扰以安处！眷西路而长怀，望故乡而延伫。忖陋体之腥臊，亦何劳于鼎俎？嗟禄命之衰薄，奚遭时之险巇？岂言语以阶乱，将不密以致危？痛母子之永隔，哀伉俪之生离。匪余年之足惜，愍众雏之无知。背蛮夷之下国，侍君子之光仪。惧名实之不副，耻才能之无奇。羡西都之沃壤，识苦乐之异宜。怀代越之悠思，故每言而称斯。

　　鹦鹉被捉住以后听天由命，只能任人摆布而离开自己的群体，失去了自己的伴侣。它被关在雕有花纹的鸟笼中，翅膀也被剪掉了。它在远方漂泊，与故乡之间隔着重重阻碍。岷山和障山隔在中间，使它年复一年地遭受着苦难。女子与家人告别嫁去远方，大臣投靠新的主人奉献自己。哪怕是贤明的人，如果遭遇磨难，也不免依靠别人滞留在外面。况且是鸟类这种弱小的生物，又怎么能不屈服以求得平安。想念着西方回家的路途而深深感伤，眺望着家乡而长久地站立。暗中想着像我这样卑贱的身体，应该不会被人们所宰杀吧。叹息自己怎么会如此苦命，不知为何会陷于这样的境地。难道是由于语言上有所过失所以招致了灾难吗？还是因为行事时没有考虑周全？因为母子间永久的分离而伤痛，因为夫妇间凄苦的离别而哀伤。并不是为自己

高山险阻

汉赋经典

一三八

晚年的苟活而感到怜惜，而是为孩子们的天真年少而觉得伤心。从我生活着的蛮荒国度，前来为您显赫的仪表增光添彩。担心自己的才能与名气并不相符，也因为自己没有特殊的能力而觉得羞惭。虽然羡慕长安肥沃的土地，人们富足安乐的生活，但我这只鹦鹉却知道如今的苦乐已不同往昔。心中满怀着对家乡的思念，所以开口说话时总是带有故乡的口音。

【原文】

若乃少昊司辰，蓐收整辔。严霜初降，凉风萧瑟。长吟远慕，哀鸣感类。音声凄以激扬，容貌惨以憔悴。闻之者悲伤，见之者陨泪。放臣为之屡叹，弃妻为之歔欷。

【译文】

少昊掌管的季节已经到头了，蓐收已经整顿好了马车。严寒降临大地，寒风萧索肃静。笼子里的鸟儿禁不住长久地鸣叫，思念着远处的家乡，悲哀的叫声让同类都觉得伤心。那叫声凄惨而又激昂，鸟儿的相貌干瘦，形如枯槁。听到叫声的人全都会感到悲哀，看到了它的样子的人全都泪流满面。遭到流放的大臣不住地为它叹气，被抛弃的妻室也为它而伤心抽泣。

【原文】

感平生之游处，若埙篪之相须。何今日之两绝，若胡越之异区？顺笼槛以俯仰，窥户牖以踟蹰。想昆山之高岳，思邓林之扶疏。顾六翮之残毁，虽奋迅其焉如？心怀归而弗果，徒怨毒于一隅。苟竭心于所事，敢背惠而忘初？讬轻鄙之微命，委陋贱之薄躯。期守死以报德，甘尽辞以效愚。恃隆恩于既往，庶弥久而不渝。

　　感慨着生活中一起游玩相处的友人，结交的人都十分的友好。今时今日却分隔两地，遥远得就像分别待在偏远的北方和南方。在笼子里不停地跳动，窥探着门窗但却犹豫不决。怀念着昆仑山的山岭，想着邓林树木的身影。转头看着被毁坏的翅膀，想着就算是拼命努力又能够到飞哪里去呢？满怀着回家的心愿，但是却无法达成，只能够在角落中悲愤地痛哭。现今还是尽心竭力地完成主人交代的任务吧，又怎么敢背弃原来得到的恩惠。我愿意把我这卑贱的生命都交付与主人，让我用卑微的身体来依赖您吧。期望我可以用一生来答谢您的恩典，愿意用我全部的能力来报效您。依靠着您一直以来的恩赐，也许我的待遇很久都不会改变。

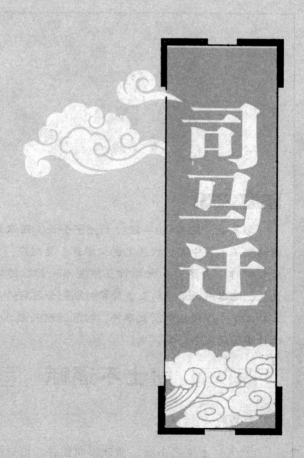

司马迁

【作者简介】

　　司马迁（约前145～前87），字子长，西汉夏阳（今陕西韩城）人，中国古代著名的文学家、思想家、史学家，被后世称作"史圣"。他写作了中国第一部纪传体通史《史记》，这本书记录了从上古黄帝时期到公元前101年（汉武帝太初四年）间发生的历史事件，时间跨度长达三千多年，被看作中国历史书籍的范本。

悲士不遇赋

【原文】

　　悲夫！士生之不辰，愧顾影而独存。恒克己而复礼，惧志行而无闻。谅才韪而世戾，将逮死而长勤。虽有形而不彰，徒有能而不陈。何穷达之易惑，信美恶之难分。时悠悠而荡荡，将遂屈而不伸。

【译文】

　　我悲伤地感叹自己生不逢时的命运，怨恨只能看着自己的影子独自生存。总是束缚自己使自己的行为举止合乎礼教规范，生怕自身的志愿与行为无声无息。自觉有极高的才能但是时世混乱，直至死亡时都感到忧虑。虽然体貌很好但是不能为世人所知，空怀能力却没法在众人面前施展。为什么逆境和顺境会轻易地让人感到迷惘，美丽和丑恶也难以分辨清楚。时间流逝得很快，我只能屈服于世事，无法施展才干。

【原文】

使公于公者，彼我同兮；私于私者，自相悲兮。天道微哉，吁嗟阔兮；人理显然，相倾夺兮。好生恶死，才之鄙也；好贵夷贱，哲之乱也。昭昭洞达，胸中豁也；昏昏罔觉，内生毒也。

【译文】

如果能够公平地对待所有事情，那么你我都可以等同；如果人们都只想着自己，那么结果只能是各自悲伤。世人相互争夺，但是天道却是如此的微妙难知；面对现实中的不公平，心情是如此的沉重。贪生畏死，被士人所鄙夷；贪图富贵，被哲人所反感。明亮透彻，是因为内心开阔通达；而迷乱糊涂，则是由于心中拥有邪念。

【原文】

我之心矣，哲已能忖；我之言矣，哲已能选。没世无闻，古人惟耻；朝闻夕死，孰云其否！逆顺还周，乍没乍起。理不可据，智不可恃。无造福先，无触祸始。委之自然，终归一矣！

　　我的想法，拥有卓越智慧的人都可以理解；我的理论，明理的人都会选择。古人以一生都不明事理为耻；清晨时得知了真理，夜晚便去世了，这样又有什么不可以呢！逆境和顺境不断循环，变化不定，忽起忽灭，无迹可寻。不要靠近幸福的前方，也不要触碰灾祸的边缘，一切都应该顺其自然。将自己托付于宇宙万物之间，最后还是会与其合为一体啊。

东方朔

　　东方朔（约前161～前93），字曼倩，平原厌次（今山东惠民）人，西汉辞赋家。汉武帝登基之后四处征求有识之士，东方朔毛遂自荐，被授予官职，后来又担任了侍郎、太中大夫等职位。他个性幽默，语言机敏，足智多谋。曾经谈论政事，为国家的发展出谋划策，但是却一直没有得到重用，所以写作了《答客难》、《非有先生论》，以此来述说自己的志向和心中的怨怼。

答客难（节选）

【原文】

　　客难东方朔曰："苏秦张仪，一当万乘之主，而都卿相之位，泽及后世。今子大夫修先王之术，慕圣人之义，讽诵《诗》《书》百家之言，不可胜数。著于竹帛，唇腐齿落，服膺而不可释，好学乐道之效，明白甚矣。自以智能海内无双，则可谓博闻辩智矣。然悉力尽忠，以事圣帝，旷日持久，官不过侍郎，位不过执戟。意者尚有遗行邪？同胞之徒，无所容居，其故何也？"

有人为难东方朔，问道："苏秦、张仪只要是遇到了大国的君王，就可以官居相位，其福泽一直延续到后代。现在你研习先王之术，敬仰圣人的道义，背诵的《诗经》、《尚书》等圣贤之人的著作，已经多得无法计数了，并且还把它们写到竹简之上，以至于口唇腐烂，牙齿掉落也不放弃。热衷于学习的功效是十分显著的，自认为智慧才干在世间无人能及了，也算是精明而且能言善辩。但是长久以来竭尽全力地为君王服务，官位却还是一个侍郎，只怕是在道德上有所缺陷吧？由于俸禄太少，导致你的兄弟都没有居住的地方，又是什么原因呢？"

【原文】

东方先生喟然长息，仰而应之，曰："是故非子之所能备也。彼一时也，此一时也，岂可同哉！夫苏秦张仪之时，周室大坏，诸侯不朝，力政争权，相禽以兵，并为十二国，未有雌雄。得士者强，失士者亡，故谈说行焉。身处尊位，珍宝充内，外有廪仓，泽及后世，子孙长享，今则不然。圣帝流德，天下震慑，诸侯宾服，连四海之外以为带，安于覆盂。动犹运之掌。贤不肖，何以异哉？遵天之道，顺地之理，物无不得其所。故绥之则安，动之则苦；尊之则为将，卑之则为虏；抗之则在青云之上，抑之则在深泉之下；用之则为虎，不用则为鼠。虽欲尽节效情，安知前后？夫天地之大，士民之众，竭精谈说，并进辐凑者，不可胜数。悉力募之，困于衣食，或失门户。使苏秦张仪与仆并生于今之也，曾不得掌故，安敢望常侍郎乎！故曰：时异事异。

东方朔长叹一声，抬头应答说："这种事你是无法了解的，时代不一样了，怎么能放在一起谈论呢？回顾苏秦、张仪身处的时期，周王朝日益衰弱，诸侯都不进行朝拜，各自争夺权力，兵戎相见，用武力相互征服，最后兼并而成为十二个国家，不分伯仲。得到了善于治国用兵的人就会变得强大，失去了贤士则会灭亡，因此游说之风变得十分流行。他们的地位十分尊贵，拥有很多宝物和粮食，恩泽一直遍及后代，儿孙都可以享受到他们的福祉，但是现在却不是这样，皇上圣明的威德遍及天下，诸侯全都俯首称臣，天下就像系衣带一样紧密地联合在一起，王朝就如同倒扣的痰盂，很是稳固。不管想要做什么样的事情都易如反掌，如此一来，是否具有才干就很难区分了。顺应天道和地理，世间的事物都处于合适的位置。所以加以安抚就能够保住平安，稍有变动就会遭受祸乱；尊敬它就能够成为将帅，贬低它则会变成阶下之囚；提升它就能够平步青云，压抑它则会身处深渊；使用它就可以成为老虎，不用它便会成为鼠类。虽说大臣想要尽力效忠，但是却不知道怎样做才是最适宜的。天下如此广大，人民如此之多，竭尽精力到处游说的人就如同向中心点汇聚的车轮辐条，数不胜数。有些人全力追求君王的恩泽，但结果却连吃穿都没有保障，有的甚至还遭到了灭门之灾。就算是苏秦、张仪跟我一起存在于现在的时代，恐怕也无法担任掌故那种小官，更别说是侍郎了。所以说：时代不同，世事也会有所变化，这就是时代的差异啊。

文王重用子牙

【原文】

"虽然，安可以不务修身乎哉！诗云：'鼓钟于宫，声闻于外。''鹤鸣于九皋，声闻于天。'苟能修身，何患不荣！太公体行仁义，七十有二，乃设用于文武，得信厥说，封于齐，七百岁而不绝。此士所以日夜孳孳，敏行而不敢怠也。辟若鹔鸹，飞且鸣矣。

…………

【译文】

"即使这样，又如何能够不提升自己的修为呢？《诗经》中说道：'鼓钟于宫，声闻于外。''鹤鸣九皋，声闻于天。'要是果真可以修身养性，能不能获得显赫的地位，又有什么值得担心的呢！姜太公亲自推行仁义，七十二岁时被文、武两位君王所重用，最终将他的理论付诸实践，在齐受到分封，七百年后还不断有人祭祀他。这便是文人们日日勤奋努力，不敢有一丝懒惰的缘由啊。就如同鹔鸹鸟，只要飞行，就肯定会啼鸣。

…………

【原文】

"今世之处士，魁然无徒，廓然独居，上观许由，下察接舆，计同范蠡，忠合子胥，天下和平，与义相扶，寡耦少徒，固其宜也。子何疑于我哉？若夫燕之用乐毅，秦之任李斯，郦食其之下齐，说行如流，曲从如环，所欲必得，功若丘山，海内定，国家安，是遇其时也。子又何怪之邪？

郦食其劝降齐王

汉赋经典

"现今隐居的人，才能虽高，却没有用武之地，寂寞地独自居住而没有弟子，许由、接舆这样的隐居者，谋略比得上范蠡，忠义比得上伍子胥，国家混乱的时候，忠臣才会被委以重任，如今世间太平，人民相互帮助，因此贤明的人没有用武之地，也缺少志向相同的伙伴，事情原本便是如此，客人又为何对我存有疑虑从而为难我呢？至于乐毅成为燕国的大将，李斯担任秦国的宰相，郦食其以口才劝降齐王，他们的游说都进行得很顺利，随心所欲，居功至伟，使得四海稳固，国土平定，这是由于他们碰到了好时机啊，客人您又为何会觉得古怪呢？

"语曰：以管窥天，以蠡测海，以莛撞钟，岂能通其条贯，考其文理，发其音声哉？繇是观之，辟犹鼱鼩之袭狗，孤豚之咋虎，至则靡耳，何功之有？今以下愚而非处士，虽欲勿困，固不得已。此适足以明其不知权变，而终惑于大道也。

"古语讲：用管看天，以瓢量海，用树枝敲钟，又如何能知晓自然法则，考究本质，使它发出声音呢？这样看来，就如同老鼠攻击狗，小猪咬住老虎，是不可能成功的，又有什么作用呢？现今我用愚笨的话语来应答客人您对我的为难，虽说不想让您觉得窘迫，但这是不可能的事情。这也能够说明我还是不懂得变通，对大道理始终有不理解的地方。"

书 目